Verlockung des Jägers

Buch 1
Die Wölfe der Twin Moon Ranch

Anna Lowe

Copyright © 2022 Anna Lowe

Alle Rechte vorbehalten.

Übersetzung aus der englischsprachigen
Originalversion ins Deutsche durch
Michael Krug

Umschlaggestaltung:
Fiona Jayde

Inhaltsverzeichnis

Verlockende Begierde (Buch 9)

www.annalowe.de

Prolog

„Josie!“

Das Wort ertönte als geblaffter Befehl, nicht als Bitte.

Zähneknirschend zählte Josie bis fünf, bevor sie sich zur Quelle umdrehte: Sabrina, Tochter des herrschenden Alphas des Wolfsrudels. Die junge Frau war siebzehn und noch eine verwöhnte Göre. Josie wollte sich gar nicht ausmalen, wie sie erst in ein paar Jahren sein würde.

„Mein Vater will dich in seinem Büro sehen. Sofort.“ Sabrina betonte den Befehl, indem sie die seidige blonde Mähne zurückwarf.

Josie hätte es nicht für möglich gehalten, dass eine Wolfsgestaltwandlerin eine Prinzessin sein könnte, aber das war Sabrina. Die junge Frau achtete darauf, jeden Satz mit einem Klimpern ihrer goldenen Armbänder und denselben zwei Worten – *mein Vater* – zu ergänzen, um jeden im Rudel an die Hackordnung zu erinnern.

Das gehörte zu den bitteren Wahrheiten der Rudelhierarchie. Die Alphas und ihre Nachkommen hatten das Sagen. Dem Rest des Rudels blieb nur die Wahl zwischen Kampf und Unterwerfung. Das hatte Josie in achtundzwanzig entbehrungsreichen Jahren nur allzu gut gelernt.

Ein weiteres kleines Stück ihrer Seele bröckelte ab, als sie tat, wie ihr geheißen, und vorgab, wie die anderen zu sein. Ein braves Frauchen, bestimmt für Heim und Herd – und sicher, ganz sicher nicht für die Jagd.

Josie baute die Anspannung ab, indem sie die Zähne zusammenbiss und sich vor Augen hielt, dass ihr Erbe etwas viel, viel Außergewöhnlicheres enthielt als Alpha-Blut. Etwas Geheimes. Aber sie wollte verdammt sein, wenn sie es irgendjemandem verriete. Wenn irgendein Rudel davon erführe, würde es für immer Anspruch auf sie erheben, und dann würde sie niemals frei sein.

„Machst du dir hin und wieder die Mühe, in einen Spiegel zu schauen?" Sabrina betrachtete Josies verworrenes Haar.

Nicht annähernd so oft wie du. Josie bremste sich gerade noch rechtzeitig, bevor ihr die Worte herausrutschen konnten. Sie trug das lange braune Haar normalerweise zu einem lockeren Pferdeschwanz zusammengebunden. Na und? Ihre Figur besagte *Sportlerin*, nicht *Model*. Na und? So war sie nun mal, und so gefiel sie sich. Tiefe Ausschnitte überließ sie gern kurvigen jungen Frauen wie Sabrina, denn ungewollte Aufmerksamkeit zu erregen, konnte gefährlich sein.

Sie trabte los. Unterwegs zum Büro des Alphas kämmte sie mit den Fingern die Haare durch und schnippte eine Klette weg, die sich an diesem Morgen in ihren Strähnen verfangen haben musste. Sie war also wieder mal draußen herumgestreunt. War das so falsch für jemanden ihresgleichen?

Nur gehörte sie ihresgleichen nicht wirklich an. Oh, sie war durchaus eine Wolfsgestaltwandlerin, allerdings war sie in ein anderes Rudel hineingeboren worden. Und sogar zu Hause in Colorado war sie immer anders gewesen. Diejenige, die nicht ganz dazugehört hatte.

Ihre innere Wölfin schnaubte. *Und wie anders. Wenn die nur wüssten.*

Josie betrachtete argwöhnisch die Bürotür des Alphas, bevor sie nervös klopfte. Ein Grunzen drang heraus, und sie trat ein. Dabei schlug sie die Augen nieder, ein Zeichen der Unterwürfigkeit gegenüber dem angegrauten, alten Alpha und seiner hochmütigen Gefährtin. Selbst nach all den Jahren beim Westend Rudel fiel ihr die Geste nicht leicht.

„Heute ist dein Glückstag", verkündete Roric knapp und kalt. „Pack deine Sachen."

Bei diesem Alpha waren ein aufrichtiges Lächeln und ein höhnisches Grinsen ein und dasselbe. Was meinte er mit *Glückstag?*

Josie warf einen unsicheren Blick zu Rorics Gefährtin, die missbilligend Josies staubige Jeans betrachtete, ihr schlichtes blaues T-Shirt, ihr… Na ja, eigentlich alles an ihr.

„Bewegung." Roric deutete mit dem kantigen Kinn zur Tür. „Ein anderes Rudel ist bereit, es für eine Jahreszeit mit dir zu versuchen."

Josies Herz schlug schneller. Sie hatte gehofft, dass sich bei einem anderen Rudel eine Gelegenheit ergeben würde – ein Job, ein Praktikum, irgendetwas. Von Nevada hatte sie genug. Weniger wegen der Hitze oder den staubigen Ebenen, sondern wegen der erstickenden Hierarchie in Rorics Westend Rudel. Und weil diese Gestaltwandler ihre Seelen verkauft hatten. Glücksspiel mochte in Nevada ein großes Geschäft sein, aber in Josies Augen ein Geschäft, in dem Wolfsrudel nichts zu suchen hatten. Was war aus ihrer Verbindung mit der Erde und den alten Traditionen geworden?

Leider hatte Rorics Rudel nur *manchen* alten Traditionen abgeschworen. Am Rest wurde eisern festgehalten, beispielsweise an erdrückender, diktatorischer Autorität und einer strikten Abgrenzung der männlichen und weiblichen Rollenverteilung. Der einzige Trost bestand darin, dass Roric nicht ganz so schlimm war wie andere – wie der Alpha, vor dem Josie zehn Jahre zuvor in Colorado geflohen war. Hier war zumindest ihr Körper in Sicherheit. Und mittlerweile hatte sie gelernt, wie es lief. Wenn sie vorsichtig an der Grenze entlangwandelte, hatte sie wenigstens ein paar Freiheiten. Niemand achtete wirklich darauf, was einzelne Wölfe in einer Neumondnacht trieben.

Aber wer wusste schon, wie es in einem anderen Rudel sein würde?

„Wo?", platzte sie heraus.

Roric winkte träge mit der Hand, als wäre es ihm egal. Aber vermutlich war die Geste wie so viele andere einstudiert. Dieser Alpha tat nichts, ohne zuvor die Vorteile zu analysieren – für ihn und für sein Rudel. Die Wünsche Einzelner schienen auf seiner Liste nicht auf.

„Arizona. Twin Moon Ranch."

Josie stockte der Atem. Bei ihrem Antrag auf Versetzung hatte ihr die Ostküste vorgeschwebt, wo die Rudel angeblich eine modernere Gesinnung hatten. Aber Arizona? Die Wolfsrudel im Gebiet von Four Corners waren als altmodisch bekannt. Und

Arizona – Arizona galt als *uraltmodisch*. Wer wusste schon, was für ein Alpha sie dort erwarten würde?

Als sie sich umsah, kamen ihr Zweifel. Westend hatte sich zwar nie wie ein Zuhause angefühlt – aber wollte sie wirklich noch einmal ganz von vorn anfangen?

Die harten Gesichter, die ihr entgegenblickten, lieferten ihr die Antwort, die sie brauchte: Die Entscheidung war längst getroffen.

„Wer weiß." Die Alpha-Frau warf ihrem Gefährten einen verschwörerischen Blick zu. „Vielleicht findest du ja dort endlich einen geeigneten Gefährten."

Josie überspielte, dass ihr der Atem stockte. Sollte das eine Andeutung sein? Eine Drohung? Wie immer in geschlossenen Räumen schienen die Wände, näher zu rücken. Sie senkte das Kinn zu einem knappen Nicken und ersuchte – bettelte – darum, gehen zu dürfen, während sich ihre Gedanken überschlugen. *Arizona?*

Roric schnippte mit einem Finger in Richtung der Tür. Sie war entlassen.

„Viel Glück", rief Sabrina hinter ihr her. Ihr Tonfall strafte die Worte Lügen.

Genau. Glück. Josie hatte lang genug in Nevada gelebt, um alles darüber zu wissen, wie man das Glück manipulieren konnte. Sie fand es besser, ihr Glück selbst zu schmieden oder zumindest ihre Chancen zu verbessern.

Auf dem hastigen Weg in ihr Zimmer zwang sie ihren Geist zur Ruhe, während sie entschied, welche ihrer spärlichen Habseligkeiten sie für wichtig genug hielt, um sie mitzunehmen. Ganz oben auf der Liste standen ihr Recurvebogen und ein Satz frisch befiederter Pfeile, darunter einige mit Silberspitzen, nur für alle Fälle. Denn es gab Wölfe, und es gab *Wölfe*. Wer wusste schon, was Arizona ihr bescheren würde?

Kapitel 1

Lance streckte sich und kniff in der morgendlichen Sonne die Augen zusammen. Als er tief und prüfend einatmete, nahm er Verheißungsvolles wahr. Sicherheitshalber wiederholte er den Vorgang. Nein, er hatte nicht bloß geträumt. Die Wüste fühlte sich tatsächlich lebendig durch einen verlockenden neuen Geruch an. Einen frischen, optimistischen Duft, der besagte, dass der Frühling nahte und bald alles neu, gut und sauber sein würde. Er war spät in der vergangenen Nacht nach Hause gekommen, nachdem er eine Woche lang zum Fährtensuchen unterwegs gewesen war. Aber der Geruch war ihm sofort aufgefallen, als er mit seiner Harley zurück auf die Ranch gerollt war. Der Duft hatte etwas von einer Agave in voller Blüte – etwas, das nur alle heiligen Zeiten einmal vorkam.

Er sah sich um, hielt Ausschau nach den ersten Anzeichen des Frühlings, während er dem gewundenen Pfad von seiner Einsiedlerhütte zum belebten zentralen Teil der Ranch folgte. Aber nichts blühte, zumindest noch nicht. Die Ocotillos wiesen noch keine roten Knospen auf, auch die Manzanitas ließen noch keinen Hauch von Farbe erkennen. Was also war das für ein Geruch?

Wieder schnupperte er und dachte, es müsste sich wohl um einen der Tricks der Natur handeln. Die Wüste strotzte vor Trugbildern, die einem zeigten, was man sehen wollte, bevor sie einen verhöhnten und wieder verschwanden. So sehr seine Navajo-Mutter versucht hatte, ihm Verbundenheit mit der Schönheit der Natur einzutrichtern, das skeptische Wesen seines weißen Vaters schien die Oberhand zu behalten. Die Wüste war bloß ein beliebiger Ort auf der Erde – nur leerer, stiller und gefährlicher als der Rest.

Er bahnte sich den Weg um die Nebengebäude der Ranch herum und steuerte auf den Arbeitsschuppen zu. Die Dienste eines Fährtenlesers wurden nur hin und wieder benötigt. Den Rest füllte er mit Projekten auf der Ranch aus. In der vergangenen Woche war er den Spuren von Eindringlingen am nördlichen Rand des Rudelgebiets gefolgt. Allem Anschein nach eine Dreiergruppe, die längst wieder verschwunden war. Kein Grund zur Beunruhigung.

Es schien ein völlig normaler Morgen auf der Ranch zu sein, an dem die üblichen Jungs ihren üblichen Aufgaben nachgingen. Abgesehen davon, dass Tyler, der Stellvertreter des Rudelführers, eine Miene wie eine Gewitterwolke zwischen zerklüfteten Berggipfeln aufgesetzt hatte. Lance hielt mitten im Schritt inne und fragte sich, was los sein mochte. Tyler hackte auf die Erde ein, als wäre sie sein Todfeind.

„Hey." Lance ging hinüber und stützte den Zaunpfosten, während Tyler die Erde um ihn herum mit kurzen, zornigen Hieben bearbeitete.

„Hey", brummte Tyler, ohne aufzuschauen.

Was für Tyler einer geradezu herzlichen Begrüßung gleichkam. Jeder andere als Lance, sein ältester Freund, hätte ein unverhohlenes Knurren abbekommen.

Komisch daran war, dass sie eigentlich gar nicht befreundet sein sollten. Das hatten sie beide schon als Jugendliche gewusst. Als ältester Sohn des Alphas konnte sich Tyler nicht mit jedem abgeben. Dasselbe galt für das nichtsnutzige Halbblut vom Westrand der Ranch. Und doch war gerade dadurch allen Widrigkeiten zum Trotz eine Verbindung zwischen ihnen entstanden.

„Alles in Ordnung?", fragte Lance verhalten, während er Tyler beobachtete.

„Klar. Alles gut."

Lance zog eine Augenbraue hoch, hielt aber den Mund. Seufzend ertappte er sich dabei, dass er die Luft genoss. Der Geruch erwies sich hier auf der Ranch als stärker. Ein Duft, der ihn dazu verleitete, auf etwas Besseres im Leben zu hoffen. Er wandte den Kopf davon ab und konzentrierte sich auf die

Arbeit. Hoffnung führte nur zu Enttäuschung – eine Lektion, die er in jungen Jahren auf die harte Tour gelernt hatte.

Natürlich eine Lektion, die nur für manche galt. Für Leute wie Tylers jüngeren Bruder Cody, der gerade wie immer putzmunter vorbeiging, schien Hoffnung durchaus zu funktionieren.

„Hey, Lance! Hey, Tyler!"

Lance nickte ihm zu. Ja, Optimismus funktionierte dann, wenn man der jüngere Sohn eines Alphas war und das Leben einen goldenen Teppich vor einem ausbreitete. Kaum Verantwortung, dafür jede Menge Privilegien.

Tyler richtete sich auf, bis er sich mit seiner Körpergröße von 1,88 Metern auf Augenhöhe mit Lance befand. Als ältester Sohn und Thronanwärter verhielt es sich für Tyler andersrum: viel Verantwortung, kaum Privilegien. Neuerdings gab er vor, mehr Maschine als Mann zu sein, doch Lance kannte die Wahrheit. Im Inneren steckte eine Seele, die sich danach sehnte, frei zu atmen.

Schon komisch, wie zwei Freunde so grundverschieden voneinander und sich doch so ähnlich sein konnten.

Seite an Seite arbeiten und schwitzen... Das hatten sie lange nicht mehr gemacht. Fühlte sich gut an. So konnte Lance vergessen, dass er der Sohn eines rudellos streunenden Wolfs und einer Kojoten-Mutter war. Und Tyler konnte so tun, als könnte er es eigenhändig mit der ganzen Welt aufnehmen.

„Hast du ihn?", murmelte Tyler.

„Hab ihn."

Sie tauschten die Plätze, und Tyler stützte den Pfosten, während Lance grub. Er konnte der Versuchung nicht widerstehen, erneut tief einzuatmen. Um den Duft zu genießen, solange es noch ging. Diesen Duft, der so vor Farben strotzte, vor Leben und vor... Verdammt, da war es wieder: Verheißung.

In der Ferne schnaubte ein Hund. Dann bog in dem Moment eine Frau um die Ecke, als die Wüste einen weiteren Hauch dieser süßen, klaren Luft ausstieß. Lance beobachtete, wie sie mit leichtfüßigen, anmutigen Schritten an ihm vorbeiging. Sein innerer Wolf stieß einen anerkennenden Pfiff aus, bevor er sich in einem seiner üblichen Monologe erging.

Ich wette, sie könnte meilenweit rennen.

Ja, könnte sie wahrscheinlich.

Ich wette, sie könnte die Hügel erklimmen, ohne außer Atem zu geraten.

Auch das.

Ich wette, sie könnte einem Wolf eine denkwürdige Hetzjagd liefern...

An der Stelle trat Lance auf die Bremse und schüttelte vehement den Kopf.

„Sieh mal", flüsterte einer der Arbeiter der Ranch zu einem anderen. Lance' scharfe Ohren bekamen jedes Wort mit. „Die Neue."

„Ja, willkommen auf der Ranch, Süße", sagte der andere Arbeiter, allerdings nicht so laut, dass sie es hören konnte.

Lance' innerer Wolf knurrte.

Mit dem im Wind wallenden, mandelfarbigen Haar und den zierlichen Gliedern war die Frau entschieden attraktiver, als gut für sie war. Die trotzige Kinnpartie verriet, dass diese Frau für ihre Anliegen einstehen würde, um welche auch immer. Hübsch und vollkommen unerschrocken. Eine gefährliche Kombination für eine alleinstehende Frau fernab ihrer Heimat.

Lance verfolgte ihre Bewegungen länger und eingehender als beabsichtigt. Alles an ihr besagte: wild, ungestüm, frei. Alles, was er sein wollte.

Ein Dutzend Augenpaare folgte ihr, als sie den Werkhof durchquerte. Ein Träger ihres Overalls saß lose, der andere fest. Eine neue Frau auf der Ranch bot immer Anlass zu Spekulationen, und am höchsten punktete eine Landschönheit mit schlanken Beinen und scharfen Augen. Und wie es aussah, wollte umgekehrt jeder der anwesenden Männer bei ihr *punkten*.

Lance schnupperte prüfend. Ja, eindeutig eine Gestaltwandlerin. Er konnte die Wölfin in ihr spüren und die Selbstbeherrschung erkennen, mit der sie das Tier in Schach hielt. Es lauerte dicht unter der Oberfläche – dichter, als es die meisten weiblichen Gestaltwandler ihren Wölfinnen erlaubten. Fast so, als wäre sie auf der Hut. Die Frage war: Auf der Hut wovor?

Sie ist nicht dein Typ, meinte ein Teil seines Gehirns barsch. *Definitiv nicht.*

Sie ist genau mein Typ, widersprach sein Wolf knurrend.

Haargenau mein Typ, pflichtete der Kojote bei.

Das hatte er davon, ein Mischling zu sein: zwei Stimmen im Kopf. Obwohl er sich immer nur in denselben Hundekörper verwandelte – groß wie ein Wolf, mit dem graubraunen Fell und der spitzen Schnauze eines Kojoten. Aber die Stimmen in ihm blieben stets getrennt, und die Wolfs- und Kojoten-Teile seines Gehirns waren sich selten in etwas einig.

Bei ihr sind wir uns einig. Beide lachten leise.

Kapitel 2

Lance beobachtete, wie ein Hund auf die neue Frau zulief und eine Show abzog, indem er bedrohlich knurrte. Mit einer einzigen, bestimmt ausgesprochenen Silbe brachte sie ihn zum Schweigen. Innerhalb einer Minute verwandelte sie den wilden Köter in ein schwanzwedelndes Schoßhündchen. Die Hälfte der Jungs in Sicht wirkte drauf und dran, dem Beispiel des Hunds zu folgen, bis ein harsches Flüstern die Stimmung trübte.

„Mist! Schaut.“

„Schnell. Er kommt.“

Alle setzten hastig die Arbeit fort, als gestiefelte Füße den Hof betraten. Der alte Tyrone, der Alpha des Rudels, näherte sich und versetzte damit alle in höchste Alarmbereitschaft. Lance' spannte die Schultern an und umklammerte den Pfosten fester. Tyler auch.

Der Alpha stapfte direkt auf Lance zu, klemmte ihm eine schraubstockartige Hand ins Genick und drückte zu. Lance hielt den Atem an und verharrte regungslos. Aus der Ferne könnte man die Geste des älteren Mannes so deuten, als würde sich ein weiser, alter Alpha zu einem jungen, aufstrebenden Burschen beugen, um ihm einen gutgemeinten Rat zu erteilten.

Oder um etwas zu fragen wie: *Geht's dir gut, Junge?*

Als hätte sich der Alte je die Zeit für solche Worte genommen.

Gute Arbeit neulich beim Fährtenlesen.

Das würde sich wie eine Fremdsprache anhören. Lob hatte Lance im Leben nur von beruhigenden weiblichen Stimmen bekommen wie der von Tante Milly oder vor langer Zeit von seiner Mutter.

Aber hier handelte es sich um den alten Tyrone, und sein Griff war eine Drohung. Eine Warnung.

Mein Sohn wird eines Tages der Alpha dieses Rudels sein. Das besagte die Geste. *Du, Bürschchen, bist ein Nichts. Und mehr wirst du nie sein. Wenn du's wagst, etwas Anderes zu denken, breche ich dir das dreckige Genick.*

Als Kind hatte Lance das als furchterregend empfunden.

Als Erwachsener sollte er es als lächerlich empfinden. Seit damals war Lance stark gewachsen und überragte den Alpha um gut fünf Zentimeter. Er könnte es mit dem angegrauten alten Mann aufnehmen, wenn er wollte. Nur warum sollte er das wollen? Er würde nie etwas tun, das die Stabilität seines Rudels gefährden könnte.

Lance schüttelte den Griff ab. Wovor wollte ihn der Alte warnen? Vor der Frau? Beinah hätte Lance geschnaubt. Er wollte nur die Arbeit des Tags beenden, damit er losziehen und herausfinden konnte, was da in ihm kribbelte. Alles in ihm verlangte brüllend danach, diesen Duft aufzuspüren, bis er ihn erkennen, verstehen, sich damit einreiben könnte. Um wenigstens einen winzigen Teil davon zu besitzen.

Sein Kojote schnupperte nachdenklich. *Dieser Geruch ist angenehm. Neu.*

Mein, meldete sich knurrend der Wolf zu Wort.

Lance stand ruhig da und wünschte, Tyrone würde verschwinden.

Der alte Mann spannte die Finger an, bis die Knöchel knackten, während er darauf wartete, dass sich Lance unterwarf. Nur lag Lance Unterwürfigkeit nicht im Blut, wie sie beide wussten.

Er wünschte, der alte Alpha würde es endlich kapieren. War er ein geborener Alpha? Ja. Musste er den Anführer des Rudels herausfordern, um es zu beweisen? Nein. Er wollte nur seinen Freiraum. Draußen am Rand der Ranch zu leben, war völlig in Ordnung für ihn. Er würde nie etwas zum Nachteil des Rudels tun. Niemals. Warum kapierte der Alte das nicht?

Lass los, alter Mann. Lance' innerer Wolf knurrte, obwohl er völlig regungslos blieb.

Tyler löste das Patt auf, indem er sich räusperte, wodurch er die zornige Aufmerksamkeit des alten Mannes auf sich lenkte.

„Hast du schon mit ihr geredet?", fragte der Alpha seinen Sohn mit knurrendem Unterton.

Beinah hätte Lance geantwortet. *Noch nicht.* Denn tatsächlich fühlte es sich so an, als sollte *er* mit der Frau reden. Oder als hätte er es sogar bereits getan. Als würde er sie irgendwie kennen oder wäre ihr zumindest schon einmal begegnet.

Aber die Frage war nicht an ihn gerichtet. Sondern an Tyler, der eine Sekunde verstreichen ließ, bevor er antwortete.

„Noch nicht." Seine Stimme klang so leise, sie hätte ein Grollen hinter den Hügeln sein können.

„Und wann?"

Worum zum Teufel ging es da?

„Wenn ich mich dazu entscheide", gab Tyler knurrend zurück.

„Da gibt es nichts zu entscheiden. Tu es einfach", befahl der alte Mann.

Unwillkürlich fragte sich Lance, was schlimmer war: einen abwesenden Mistkerl von einem Vater zu haben wie er oder einen allzu präsenten Mistkerl von einem Vater wie Tyler. Der Alte war ständig da und schaute seinem Sohn über die Schulter. Und allen anderen auch.

Tyrone richtete einen weiteren warnenden Blick auf Lance, bevor er ein erhabenes Brummen vernehmen ließ und sich entfernte.

Eine weitere Minute verstrich, bevor Lance und Tyler den Atem ausstießen. Tyler kratzte sich am Ohr und bohrte den Absatz in den Boden.

„Die neue Frau, Josie...", begann er.

Lance schaute der sich entfernenden Gestalt nach, während ihm die Buchstaben wie eine Achterbahn durch den Kopf rasten. Josie. Ein Name für das Gesicht, das sich bereits in sein Gedächtnis geprägt hat. Etwas grollte tief in seinem Innersten, bevor sie um eine Ecke bog, verschwand und den Hauch von Verheißung mitnahm.

Zwei der jüngeren Arbeiter der Ranch marschierten zielstrebig hinter ihr her, bevor sie unter Tyrones vernichtendem Blick abrupt ausscherten.

„Sorg dafür, dass keiner der Jungs sie belästigt", beendete Tyler mit grimmiger Stimme sein Anliegen.

Lance konnte nur mühsam verhindern, dass er abrupt den Kopf herumriss. Was kümmerte Tyler die Neue?

Unscheinbar schnupperte er an seinem Freund. Ein zweites Schnüffeln bestätigte es: keine Spur von Lust in dem künftigen Alpha. Tyler hatte seit Jahren kein echtes Interesse mehr an einer Frau gezeigt. Die Frauen aus der Gegend warfen sich ihm an den Hals wie eine Herde liebeskranker Zuchtstuten, hatten aber selten Glück. Außer, wenn Tylers Wolf beschloss, die Angebote auszuprobieren. Seine menschliche Seite verhielt sich seit Jahren zurückhaltender. Seit er von einer Reise nach Hause gekommen war, halb wahnsinnig von der Suche nach einer Gefährtin, die es nicht gab.

Und da war er, der Beweis, dass die Wüste voller Tücken steckte. Wenn sogar der unerschütterliche Tyler wegen eines geheimnisvollen Geruchs ins Trudeln geraten konnte, dann sollte Lance erst recht auf der Hut sein.

Mit einer Willensanstrengung zwang er die Nase, damit aufzuhören, prüfend zu schnuppern, während er seinen Freund betrachtete. Wenn es nicht an Lust lag, warum interessierte sich Tyler dann für die Frau? Die einzige Emotion, die er in Tyler entdeckte, war ein platonischer Beschützerinstinkt, wie er ihn auch bei jedem Mann zeigte, der sich zu nah an seine Schwestern heranwagte. Vielleicht war Josie eine entfernte Cousine oder so. Vielleicht hatte der alte Tyrone deshalb Lance weggedrängt.

„Wir brauchen einen neuen Erdlochausheber", brummte Tyler, als das rostige Werkzeug mit einem Knirschen zerbrach. „Das verdammte Ding ist im Eimer."

„Wie im Eimer?" Lance benutzte einen vertrauten alten Spruch aus ihrer Kindheit, um die Spannung ein wenig aufzulockern.

Tyler lächelte zwar nicht, aber er nickte. „Total im Eimer."

Ein Teil von Lance wollte in jene unschuldigeren Tage zurückkehren, ein anderer Teil jedoch wusste, dass es nichts bringen würde. Nichts konnte ändern, wie die Dinge inzwischen standen.

„Ich hole einen neuen." Er deutete nach hinten und trat den Weg zum Geräteschuppen an, überquerte mit wenigen langen Schritten den Hof.

Noch bevor er um die Ecke zum Schuppen bog, schnappten seine Ohren bimmelnde Glocken, leises Muhen und scharfe Pfiffe auf. Das Vieh wurde zu den Stallungen getrieben.

Kaum hatte er die Ecke passiert, sah er um die hundert Rinder auf sich zukommen. Gleich würden sie den Engpass zwischen der Scheune und einer langen Reihe von Schuppen erreicht haben. Geduldig atmete er durch und trat beiseite. Bis die Rinder die Engstelle passiert hätten, würde es kein Durchkommen geben.

Muhend und schnaubend stampften sie auf ihn zu. Dabei wirbelten sie eine Staubwolke auf, die eine Gestalt vor ihm zu verhüllen drohte. Es handelte sich um die Neue, die den Tieren aus dem Weg ging. Schritt für Schritt wich sie zur Reihe der Schuppen zurück. Nach einem weiteren Schritt befand sie sich direkt vor Lance, hatte ihn jedoch nach wie vor nicht bemerkt. Noch ein Schritt, und seine Hände hoben sich warnend, als sie mit dem Rücken gegen ihn stieß.

Warm, registrierte sein Verstand als Erstes.

Straff, steuerten seine Finger bei, als sie die Muskeln spürten, die ihre Mitte wie ein Korsett umgaben.

Süß, brummte sein Körper, als er ihren Duft aufschnappte.

Mein, raunte knurrend sein Wolf und lief in dem mentalen Käfig auf und ab, den Lance um diese Seite seines Wesens errichtet hatte.

Denn der Geruch, der ihn schon den ganzen Morgen auf die Folter spannte, wehte nicht aus der Wüste herein. Es ging von ihr aus. Er *war* sie.

„Hab dich", murmelte er halb flüsternd, halb knurrend.

In seinen Ohren schrillte nicht nur das Bimmeln von Kuhglocken, sondern auch ein innerer Alarm, der losging, als sie sich näher an ihn drückte. Ihr Hinterteil entfachte ein Feuerwerk in seinen Lenden. Die anmutige Wölbung ihres Rückens schmiegte sich wie angegossen an seine Brust, und seine Gedanken zerfielen in hundert zerhackte Silben.

Mein! Meine Gefährtin! behauptete der Wolf knurrend.

Der menschliche Teil war kaum besser. *Heilige… Scheiße.*

Der Kojote lachte nur.

Sie standen aneinandergeschmiegt, während sein Herz mit dem feierlichen Takt einer Standuhr schlug, irgendwo weit entfernten in einem imaginären Flur in seinem Kopf. Tiefe, widerhallende Schläge, unterbrochen von bedeutungsvollen Pausen.

Bong. Lang und flach atmete er ein und versuchte, einen klaren Kopf zu bekommen. *Bong.* War es kurz vor Mitternacht, kurz vor dem Ende der Feier? *Bong.* Gott, wie konnte das sein? Genau die Frau, die Tyler von ihm beschützen lassen wollte, drang als erste überhaupt so tief in seine Seele vor.

Bong.

Ärger, sicherer Ärger bahnte sich an.

Kapitel 3

Josie war so in Gedanken vertieft, dass sie plötzlich völlig unverhofft mehrere Tausend Pfund Rindfleisch auf Hufen vor sich sah. Ironisch, dass sie auf Menschen geachtet hatte, obwohl das Vieh die größere Bedrohung zu sein schien.

Während sie sich von der entgegenkommenden Herde entfernte, versuchte sie, die Gedanken zu ordnen. Vielleicht verhielt sie sich ihrem neuen Rudel gegenüber zu skeptisch. Alle schienen recht offen und freundlich zu sein, und wenn es ein paar der Männer damit übertrieben – tja, das war bei einem Wolfsrudel nur zu erwarten.

Trotzdem war sie nicht bereit, die Wachsamkeit sinken zu lassen. Noch nicht. So gut ihr Start auf der Twin Moon Ranch gewesen sein mochte, das Auftreten einiger Leute ihr gegenüber empfand sie als eigenartig. Nicht bei allen, nur bei einigen wenigen. Zum Beispiel bei dem alten Alpha, der jede ihrer Bewegungen beobachtete, als wollte er sich ein Urteil über eine Bewerberin für einen Job bilden. Sein älterer Sohn hingegen mied sie wie die Pest. Der jüngere Sohn Cody wiederum war bei ihrer ersten Begegnung ganz schön rangegangen, hatte seither jedoch eine Kehrtwende vollzogen und hielt sich zurück.

Entweder bildete sich Josie etwas ein, oder irgendetwas war im Busch. Etwas, worauf sie sich keinen Reim machen konnte.

Andererseits war sie vielleicht nur zu sehr daran gewöhnt, nach Hintergedanken zu suchen. Die Leute hier schienen aufrichtig und ehrlich zu sein. Oder sie bekamen es verdammt gut hin, ihr ein falsches Gefühl von Sicherheit vorzugaukeln.

Man hatte sie schon früher hinters Licht geführt. Im Leben, in der Liebe. Und sie hatte mit Sicherheit nicht vor, erneut zum Opfer zu werden. Also blieb sie sicherheitshalber auf der Hut.

Nur hatte sie das nicht davor bewahrt, geradewegs vor das Vieh zu laufen. Zu allem Überfluss war sie im Zurückweichen auch noch gegen einen lebenden, atmenden Berg gestoßen.

Einen Mann.

Eigentlich eher an ihn *geschmolzen*. Denn kaum hatten sie sich berührt, hatten sich ihre Muskeln entspannt, statt sie erschrocken von ihm wegspringen zu lassen. Herrje. Sie hatte sich praktisch an einen Fremden geschmiegt.

Anschmiegen, hauchte ihre Wölfin ein wenig berauscht. *Keine schlechte Idee...*

Offenbar war sein Wolf auf derselben Wellenlänge, denn er brummte ihr ins Ohr.

„Hab dich."

Zwei knappe Silben, die mehr versprachen, als ihm nur in den Armen zu liegen.

Ihre innere Wölfin schnurrte geradezu. *Ja, du hast mich eindeutig.*

Josie befahl dem Tier barsch, sich zu benehmen.

Sei nicht so prüde, klagte ihre Wölfin.

Sei nicht so ein Flittchen, zischte Josie zurück.

Als ihr der Mann mit einer Hand über die Wirbelsäule fuhr, jagte er damit Hitze durch ihr Innerstes. Und hätte er noch etwas gesagt oder sich auch nur einen Zentimeter näher gelehnt, hätte Josie ihn vielleicht von sich geschoben. Aber sein verblüfftes Schweigen verriet ihr, dass seine Reaktion genauso unfreiwillig war wie ihre. Also verharrte sie und aalte sich in seiner Gegenwart.

Verdammtes Vieh, versuchte Josie, den Rindern die Schuld aufzubürden.

Die Herde trabte dicht gedrängt und muhend weiter, ohne sich ihrer Untat bewusst zu sein.

Er will uns genauso sehr, wie wir ihn wollen, kam selbstgefällig von ihrer Wölfin.

Josie schüttelte entschlossen den Kopf, obwohl ihr seine Berührung die Seele wärmte. *Jed wollte uns auch. Erinnerst du dich an ihn? Erinnerst du dich daran, wie kurz wir davor waren, von ihm...*

Knurrend schnitt ihre Wölfin ihr das Wort ab. *Jed war ein Fehler.*

Einer, den sie nie wiederholen würde.

Aber eine Wölfin braucht einen Gefährten, erklärte ihr inneres Tier.

Josie versteifte den Körper. Einen Gefährten? Woher zum Geier war das gekommen?

Er gehört uns. Erkennst du nicht den Duft deines vom Schicksal auserkorenen Gefährten?

Josie vermochte kaum zu sagen, ob das Pochen in ihrer Brust von ihrem oder seinem Herzen stammte. *Das Schicksal spielt einem ständig Streiche. Und wir begehen Fehler.*

Das ist kein Fehler.

Josie drängte das Tier zurück in ihren inneren Käfig. Allerdings ließ sich der Mann hinter ihr unmöglich ignorieren.

Er war groß, so viel stand fest. Einen halben Kopf größer, wenn sie nach dem Winkel ging, in dem sein nach Minze riechender Atem an ihr Ohr hauchte. Dem Schatten nach schien er zudem breit gebaut zu sein. Obendrein herrlich warm und irgendwie trotz all der Muskelpakete an seinem Körper angenehm weich.

Mittlerweile kamen die Rinder schwerfällig näher und näher. Ein Teil von Josie spielte mit dem Gedanken, über den Zaun zu klettern, um allem zu entkommen: dem Staub, dem Vieh, dem Mann. Aber zwischen zwei Atemzügen huschte der Mann hinter ihr hervor und stellte sich vor sie, bildete eine solide Mauer zwischen Josie und den Rindern. Und plötzlich befand sich Josie in ihrer persönlichen, ruhigen Blase, in der sie ihr Herz wild pochen hörte.

Obwohl in ihrem Kopf Alarmsirenen schrillten, brummte ihre Wölfin wohlig.

Ohne nachzudenken, richtete sich Josie auf die Zehenspitzen auf, streckte die Nase zum Hals des Mannes und atmete tief ein. Er roch frisch, war glattrasiert und wirkte dennoch kantig wie ein Mann, der sich in einem Gebirgsbach wusch und nackt ohne Decke schlief. Zusammen mit dem Moschusgeruch von Wolf ergab sich eine erdige, kernige, wilde Mischung. Ihre Finger fuhren seinen Rücken hoch und strichen über sein

Haar. Es war dicht, gewellt und braun wie Sattelleder. Nur die von der Sonne ausgebleichten Spitzen wirkten eher mattfarbig wie... wie bei einem Kojoten?

Josies Nasenflügel blähten sich. Anscheinend steckte in diesem Wolfsgestaltwandler ein Schuss Kojote. Das war ungewöhnlich. Sein menschlicher Teil erwies sich als genauso schwer zu entschlüsseln. Als sie aufschaute, erblickte sie grünbraune Augen, aus denen die Rückstände einer stürmischen Vergangenheit sprachen. Auch Schmerz und Einsamkeit lagen darin, überlagert von einer kräftigen Prise Stolz und Ehrgefühl. Und Hoffnung – in Form eines schwachen Schimmers, der an die ersten Sterne in der Dämmerung erinnerte.

„Alles in Ordnung?", flüsterte er.

Sie betrachtete die klammerartigen Falten um seinen Mund, die Muskelstränge an seinen Armen. Sein linker Arm lag um ihre Taille, während sich der rechte über ihre Schulter hinweg nach oben streckte, damit er sich am Zaun dahinter festhalten konnte. Josie hätte sich jederzeit wegducken können, doch sie blieb wie angewurzelt stehen und lauschte der eigenen unregelmäßigen Atmung.

„Perfekt", murmelte sie.

Am Rande nahm sie wahr, dass die Rinder mittlerweile verschwunden waren. Es gab nur noch ihn und sie, unmöglich nah beisammen. Josies Lippen bewegten sich weiter, brachten jedoch keinen Laut mehr hervor.

Der Mann wartete schweigend mit schiefgelegtem Kopf, als ob ein seltener Singvogel zwitscherte und als wollte er jeden noch so flüchtigen Ton davon aufschnappen. Josie witterte seine Erregung und spürte die Kühle der ersten morgendlichen Schweißschicht an seinem Körper.

Wenn du das Kinn nur ein bisschen anhebst... deutete ihre Wolfsseite an, *haben wir den perfekten Winkel für einen Kuss.*

Dann kläffte ein Hund, der dem letzten Rindvieh folgte, und ließ Josie jäh zurückschrecken. Noch einen Augenblick länger, dann hätte sie das Fußgelenk um die Wade des Unbekannten geschlungen. Wer war dieser Mann? Und wie konnte er eine solche Wirkung auf sie haben?

Ihre Wölfin seufzte verträumt. *Gefährte.*

Diesmal blinzelte er, zuckte zusammen und brach damit den Bann, der sich über sie beide ausgebreitet hatte. Seine Stirn legte sich in Falten, als er murmelnd zur Seite wich. Hatte er sich gerade entschuldigt? War er verdattert von ihrer Dreistigkeit? Oder erregt?

Vielleicht alles davon. Josie vermochte es nicht zu sagen. Sie wusste nur, dass er im nächsten Augenblick verschwand und sie allein zurückblieb.

Kapitel 4

Lance beschloss, seine Überreaktion auf die neue Frau dem Vollmond zuzuschreiben. Er konnte ihn fühlen – das hieß, sobald sich das Summen in seinen Ohren gelegt hatte. Ja, das würde er dem Mond genauso in die Schuhe schieben wie die Enge in seiner Jeans und den Schweiß, der ihm auf der Stirn ausbrach. Einem Mann, der einen ganzen Tag und eine ganze Nacht durch die Wüste rennen konnte, wurde von einem Leichtgewicht der Atem geraubt. Von einer Frau.

Verdammt, sie hatte etwas in ihm zum Vorschein gebracht.

Hastig korrigierte er sich. Es lag am Vollmond. Es musste so sein. Warum sonst sollte es ihm durch ihren Geruch noch nach Stunden schwerfallen, in einer geraden Linie zu gehen?

„Kommst du heute Abend raus, Lance, Darling?", rief eine zuckersüße Stimme, in der ein kaum verhohlenes Versprechen mitschwang.

Scheiße, nein. Lance konnte sich den Kommentar nur mühsam verkneifen, als er sich zu Audrey umdrehte.

Lieber Gott, was trug die Frau heute nur? Irgendein rosa Rüschenteil, das kaum die Nippel bedeckte, geschweige denn den Rest der Brüste. Was vermutlich beabsichtigt war. Das selbsternannte Playgirl der Ranch beherrschte die Rolle bis ins kleinste Detail, von den Highlights an den Spitzen des zu hell gebleichten Haars bis hin zu den rubinroten Lippen, die regelmäßig Worte bildeten wie: *Hier. Jetzt. Ich.*

Lance wich zurück. Ja, er hatte ein paar Mal mit Audrey herumgespielt – oder eher sie mit ihm. Verdammt, das hatte schon jeder Mann auf der Ranch getan. Aber was immer er an ihr anziehend gefunden hatte, war einfach nicht mehr da.

Abgesehen davon hatte er es satt, die zweite oder dritte Wahl zu sein.

„Lass mich raten", sagte er und setzte die forschen Schritte fort, während Audrey hinter ihm hereilte. „Tyler ist heute Abend beschäftigt. Und Cody auch."

Jeder auf der Ranch wusste, wie es in der Singleszene lief. Wie die meisten Frauen in der Gegend versuchte es auch Audrey immer zuerst bei Tyler. Wenn das nicht klappte, tja, dann arbeitete sie sich in der Rudelhierarchie nach unten, bis sie einen Mann fand, der bereit war, für die jeweilige Nacht mitzuspielen. So funktionierte es. Als Nächstes wandten sich die Frauen in der Regel an Cody. Und wenn sie aus irgendeinem Grund bei ihm keinen Erfolg hatten – was angesichts Codys ungezwungener Bereitwilligkeit selten vorkam –, ging es weiter zur dritten Wahl.

Dafür gab es zwei Optionen. Wenn die Frauen auf Frischfleisch mit einer kräftigen Prise Düsternis und Tragik aus waren, gingen sie zu Kyle, dem Neuen auf der Ranch. Wenn sie beweisen wollten, wie rebellisch sie sein konnten, wandten sie sich an Lance. Er kam dem am nächsten, was die Ranch an einem Outlaw zu bieten hatte, und die Frauen traten regelmäßig den Weg zu ihm an.

Audreys gequältes Seufzen verriet ihm, dass sie die Möglichkeiten eins und zwei bereits ausgeschöpft hatte.

„Cody ist mit einer anderen Frau unterwegs", räumte sie mit mürrischer Miene ein.

Ja, das hatte sich Lance schon gedacht.

„Und Tyler jagt wieder seinem Phantom nach", grummelte sie. „Der Gefährtin, die es nicht gibt."

Alle kannten die Geschichte, dass sich Tyler schwer in einen flüchtigen Duft verliebt hatte, der aufgekommen und dann spurlos wieder verschwunden war. Er hatte Wochen mit der Suche nach seiner vom Schicksal auserkorenen Gefährtin verbracht, war jedoch düsterer und leerer als zuvor zurückgekommen.

Audrey zog an Lance' Ellbogen und drehte ihn so zu sich herum, dass er ihre schier unmöglich vollen Lippen vor sich hatte. „Du weißt ja, was man über Alphas sagt."

Dass es für starke Persönlichkeiten notorisch schwierig war, ihre Gefährtinnen zu finden? Sicher, davon hatte Lance schon gehört. Und verdammt, vielleicht stimmte es ja. Im Augenblick jedoch beschäftigte ihn eher, sich Audrey vom Leib zu halten, deren Busen mittlerweile gegen seine Brust drückte.

„Du bist innerlich auch ein Alpha, Lance." Ihre feuchten Lippen streiften sein Ohr. „Ein großer, starker Mann." Ihre Hand fuhr über seine Bauchmuskeln nach unten und spielte neckisch am Bund seiner Jeans. „Warum kommst du nicht raus und findest deine Gefährtin?"

Die Frau glich einer Sirene, die ihn zu einem felsigen Ufer lockte. Allerdings hatte er nicht vor, in dieser Nacht daran zu zerschellen, ganz gleich, was sein Tier wollte. Es wäre leer, bedeutungslos – davon hatte er im Leben schon genug gehabt. Außerdem umgab ihn immer noch Josies Duft wie ein rauchiger Dunst. Angesichts der Flut von Gerüchen, die an diesem Morgen von den Rindern ausgegangen war, hätte er eigentlich nichts Anderes riechen sollen. Dennoch hatte sich Josies unverkennbarer Duft in den Vordergrund gedrängt, sich an allem anderen vorbeigeschlängelt und seine Sinne überwältigt.

Und plötzlich kehrte er in der Zeit zurück und erlebte alles noch einmal. Das Vieh, den Zaun – Josie. Das Feuer, das sie in ihm entfacht hatte.

„Lance, Süßer?", sagte Audrey.

Mit einem Blinzeln versetzte er sich zurück in die Gegenwart. Die Sonne stand tief am Horizont, der Himmel teilte sich allmählich in Schichten aus Rot, Orange und Gelb. Irgendwie hatte er es durch den Arbeitstag bis zu diesem Punkt geschafft. Mittlerweile war Feierabend, und er wollte nach Hause. Allein.

Lance löste sich von der willigen Frau. „Such dir andere Gesellschaft, Audrey." Ihr Gesicht wandelte sich von einer verführerischen in eine frostige Miene, bis er den Schlag mit seinem üblichen Spruch dämpfte. „Du verdienst etwas Besseres."

Da ließ sie ein zufriedenes Lächeln aufblitzen und drückte ihm einen Schmatz auf die Wange. „Stell dein Licht nicht unter den Scheffel, Kojote."

Lance spannte die Kiefermuskulatur an. Richtig. Er war nur ein Kojote, trotzdem sollte er sich nicht unter Wert verkaufen. Lance verkniff sich eine Grimasse, als Audrey den Rock glattstrich, wieder ihre mürrische Miene aufsetzte und in die Nacht davonging. Zweifellos zu Kyle.

Lance marschierte davon. Mann, würde es guttun, in der Hütte, in der er aufgewachsen war, etwas Abstand zu dem hinter ihm liegenden Tag zu bekommen. Genau wie er stand die Hütte am Rand der Gesellschaft des Rudels, zwar noch auf dem Gebiet der Ranch, aber dem Kojotengebiet zugewandt, das westlich an die Ranch grenzte. Schon komisch, wie die Hälfte des Bluts eines Mannes sein gesamtes Wesen bestimmen konnte, zumindest aus der Sicht der anderen Mitglieder des Wolfsrudels.

Lance versuchte, an gar nichts zu denken, alles zu verdrängen: das Rudel, den hinter ihm liegenden Tag, die subtilen Erinnerungen daran, wer er war und für den Rest seines Lebens bleiben würde. Dritte Wahl.

Normalerweise gelang er ihm, solche Gedanken wie Kleidungsschichten abstreifen, während er dem Trampelpfad vorbei an Akazien und Graudorn folgte. An diesem Abend jedoch funktionierte es nicht recht. Eigentlich gar nicht.

Eine lange Weile saß er auf seiner durchhängenden Veranda und beobachtete, wie die Sterne einer nach dem anderen erschienen. Ein Anblick, der ihm normalerweise ein Gefühl von Frieden vermittelte, ihn jedoch an diesem Abend stattdessen zu verhöhnen schien. Und es wurde nur noch schlimmer, als der Mond über dem Horizont aufging.

A-uuuuu...

In der Ferne ertönte träges Geheul. Einer der jüngeren Wölfe, der das Rudel zum Spielen herausrief. Wenige Minuten später wurde die Nacht lebendig vor Stimmen. Manche klangen schwermütig, andere neckisch, wieder andere lustvoll. Wie üblich holte der Vollmond die gesamte Bandbreite von Emotionen aus den Wölfen hervor.

Je länger Lance lauschte, desto schwieriger wurde es, der Anziehungskraft des Monds zu widerstehen. Er sehnte sich danach, loszurennen, um das Jucken abzustreifen, das ihn zu verzehren drohte. Vielleicht hielt sich Josie da draußen auf. Vielleicht würde sie sich von ihm an einen ungestörten Ort führen lassen. Vielleicht...

Lance stemmte sich von seinem Stuhl hoch und stapfte hinein. Er würde früh zu Bett gehen, das würde er tun. Zwar konnte er sich nicht erklären, warum Josie tabu sein sollte, aber sowohl Tyler als auch der alte Tyrone hatten deutlich zum Ausdruck gebracht, dass sie nicht angefasst werden sollte.

Eigentlich eher angedeutet, schränkte sein Wolf ein.

Richtig, pflichtete der Kojote ihm bei. *Sie haben es nicht ausdrücklich verboten...*

Lance verfrachtete beide in den Zwinger im hintersten Winkel seines Geists und knallte die Tür vor ihrem protestierenden Jaulen zu.

Allerdings fühlte er sich nicht besser, als er nackt auf den Laken im Bett lag. Umso weniger, als sich die Laute einer lustvollen Hetzjagd in das entfernte Geheul seiner Rudelkameraden mischten. Dem Klang nach hatte Cody eine willige Spielgefährtin für die Nacht gefunden. Kläffende Laute verwandelten sich in ein sinnliches Jaulen, das durch die Nacht hallte.

Bilder blitzten durch Lance' Kopf, und seine Körpertemperatur stieg an. Bilder von Josie, wie sie ihren Pferdeschwanz über die Schulter zurückwarf.

Seine Hände strichen über seine Rippen zu den Hüften hinab und dann weiter nach unten.

Er stellte sich vor, wie Josies graue, zusammengekniffene Augen ihn ansahen und es darin wirbelte. Hatte sie es auch gespürt?

Er fuhr sich mit der Handfläche über den Schritt, beschleunigte die Blutzufuhr, bescherte sich eine Erektion und sagte sich, sein Wolf bräuchte das. Dabei malte er sich aus, wie Josies Finger verspielt über seine Schulter strichen und dabei seine Haut erwärmten. Sie würde mit Verlangen in diesen grauen Augen aufschauen. Ihre Lippen würden sich teilen, wenn ihr Blick auf seinen Schritt fiel, und wenig später würde sie den Mund über ihn stülpen. Es würde sich warm und feucht und weich anfühlen, so viel besser als die plumpe Selbstbefriedigung in der Realität. Dann würde sie über seinem Körper in

Stellung gehen und ihn mit einer langen, entschlossenen Bewegung in sich aufnehmen. Ohne Zögern, ohne Spielchen. Nur zwei verwandte Seelen, endlich vereint.

Lance setzte die Bewegungen fort, bis er keuchend, erschöpft und beschämt in der Dunkelheit seines Zimmers lag. Was zum Teufel machte er bloß?

Mit finsterer Miene starrte er durch das offene Fenster hinaus. Was immer mit ihm los sein mochte, er schob die Schuld definitiv auf den Vollmond.

Kapitel 5

Josie redete sich ein, sie wäre völlig unbeeinflusst von dem Tag, der hinter ihr lag. Genauso unbeeinflusst wie vom Vollmond. Und vor allem völlig unbeeinflusst von dem Mann, der in ihre Sinne gedrungen war, bevor er sich hastig zurückgezogen hatte.

Das wusste sie, weil sie es sich den ganzen Tag lang bis in die Nacht hinein unzählige Male vorgesagt hatte. Denn sich beeinflussen zu lassen, kam nicht infrage. Nicht für eine Frau, die genau wusste, was sie wollte.

Na ja, meistens jedenfalls.

Sie lag im Bett und hatte sich das Kissen über den Kopf gezogen, um die Geräusche der Nacht auszublenden. Offenbar genossen die Wölfe der Twin Moon Ranch den Vollmond genau wie jedes andere Rudel: laut, vergnügt und herrlich befreit von menschlichen Hemmungen. Paare, die sich zusammengefunden hatten, stimmten süße Duette an, heulten ihre Hingabe in die Nacht. Dem Klang nach kauerten die Ältesten im Kreis und sangen eine Ode an die Vergangenheit, die Stimmen durch jahrzehntelange Übung vereint. Darunter befand sich ein düsterer Bass, der nur dem alten Alpha gehören konnte. Er machte nach Lust und Laune abwechselnd mit und verstummte. Von weiter draußen in der Wüste kamen die Geräusche der Jungen und Rastlosen, die mit der Freude der Jugend und dem Rausch der Begierde herumtollten und jaulten.

Wir sollten auch da draußen sein, meinte ihre Wölfin knurrend.

Josie ignorierte sie. Das Letzte, was sie brauchte, war ein ausgelassenes Beisammensein mit einem Dutzend geiler Männer, die alle mehr als bereit wären, sie auf intimste Weise in das Rudel einzuführen. Es sprach nichts gegen ein bisschen lockeren, unverfänglichen Spaß, nur manche Gestaltwandler übertrugen davon zu viel auf den nächsten Tag.

Ich würde mich ja nicht mit jedem abgeben, warf die Wölfin schnaubend ein. *Nur mit ihm. Mit Lance.*

Josie tat so, als hörte sie es nicht. *Ich will einfach in Ruhe gelassen werden.*

Wie jetzt? Für immer?

Sie versuchte, Lance' Stimme aus den anderen herauszuhören. Josie wusste über ihn nur, dass Narben der Vergangenheit seine Seele zeichneten. Ein Mann mit pulsierender, leuchtender Kraft unter dem Mantel der Unterwerfung, den er vorgab zu tragen. Ein Mann, der hier zu Hause und zugleich nicht zu Hause war.

Ein Mann, der in ihr einen Schalter umgelegt und tausend Lichter zum Blinken gebracht hatte. Manche wirkten beruhigend wie Weihnachtsbeleuchtung an einem Baum, andere lösten beunruhigende Blitze aus.

Eine Wölfin braucht ihren Gefährten.

Genug jetzt mit dem Unsinn von einem Gefährten, herrschte sie ihr inneres Tier an. *Er ist nur ein weiterer Alpha-Typ. Genau wie die anderen.*

Er ist anders, beharrte ihre Wölfin.

Josie schüttelte den Kopf. Alphas nahmen sich, was sie wollten, wann sie wollten. Alphas galt es unter allen Umständen zu meiden.

Er ist nicht Jed.

Er ist schlimmer, konterte sie. *Zehnmal kraftvoller.*

Und zehnmal zurückhaltender. Konntest du das nicht in ihm sehen?

Ein Bild tauchte jäh aus ihrem Gedächtnis auf: der Moment, kurz bevor sich Lance zurückzog, die Stirn gerunzelt, die Augen düster. Der Mann trug einen Ehrenkodex wie eine Rüstung. Zurückhaltend? Ja. Aber dafür gab es einen Grund. Unter der Rüstung steckte ein mächtiges Tier. Was wohl geschähe, wenn er es herausließe?

Er könnte uns befreien, flüsterte ihre Wölfin.

Draußen gesellte sich das Geheul eines weiteren Wolfs zu dem der anderen, tief, düster, erfüllt von Kummer. Josie erstarrte, als sie es einzuordnen versuchte. Nicht Lance, obwohl sie sich durchaus vorstellen konnte, dass auch er so klingen würde. Aber Lance besaß eine weichere, geheimnisvollere Stimme. Sie vermutete, dass es sich um Tyler handelte, der sich von den anderen abhob, wie er es immer zu tun schien.

In der Ferne sang triumphierend ein anderes Männchen, begleitet von der sinnlichen Stimme eines Weibchens, das Befriedigung in die Nacht entsandte. Der Mond drängte, der Körper gehorchte. Mehr musste es nicht bedeuten.

Nur verstanden das manche Männer nicht. Josie schlang unter der Bettdecke die Arme um sich. Manche Männer dachten, eine als Wölfin willige Frau müsste auch bereit sein, ihren menschlichen Körper und ihre Seele abzugeben. Männer wie Jed. Nur ein zwangloses animalisches Rammeln mit ihm – der Fehler ihres Lebens –, und er dachte, er könnte Anspruch auf sie erheben. Gleich am nächsten Tag hatte Jed sie an die Wand gedrückt, die Zähne an ihrem Hals gebleckt und ihr alle möglichen Versprechen zugeflüstert, die er nie gehalten hätte. Er hatte davon gesprochen, wie glücklich sie damit sein würde, ihm zu dienen, und dass sie beide eines Tages ihr eigenes Rudel anführen würden.

Jed ließ sich damals von seiner verrückten Vision dermaßen hinreißen, dass Josie dachte, er würde noch in derselben Nacht versuchen, Anspruch auf sie zu erheben. Ein tiefer Biss an der richtigen Stelle, und sie wäre für immer seinen Launen und gewalttätigen Begierden ausgeliefert. Denn ein Paarungsbiss konnte erzwungen werden und galt trotzdem für immer. Die schlimmste Art von ewig.

Sie schüttelte den Kopf. Wenn Jed ihr Schicksal war, wollte sie es nicht.

Zu ihrem Glück war damals Greer – der Anführer des Rudels in Colorado – aufgetaucht, hatte Jed verjagt und ihr den Hintern gerettet.

Zu ihrem Pech war Greer selbst auf ihren Hintern aufmerksam geworden, und etwas in seinen Augen verriet ihr, dass sie keine Verschnaufpause vor unerwünschter Aufmerksamkeit erlangt hatte. Greer war ein Tyrann von einem Alpha, der sich nahm, was er wollte, wann er wollte. Verglichen mit ihm war Roric vom Westend Rudel in Nevada ein verdammter Heiliger.

Josie zog sich das Laken über den Kopf, holte tief Luft und dachte an den langen Weg, den sie seitdem zurückgelegt hatte. Sie war von ihrem Rudel in Colorado geflohen und hatte in Nevada neu angefangen. Von da an ließ sie sich nur noch auf entspannte Typen niederen Rangs als Lover ein. Und wenn der Sex mit ihnen einen Teil von ihr unerfüllt zurückließ, war das eben der Preis für den Schutz ihrer Seele.

Das Schicksal ist ein Mythos, meinte sie zu ihrer Wölfin, während vergnügtes Geheul durch die Nacht hallte.

Josie drehte sich im Bett auf die Seite und verdrängte die Erinnerungen an Jed. Ihre Mutter pflegte zu sagen: *Um böse Träume zu vertreiben, müssen gute her.* Also versuchte sie, sichere Gedanken an etwas Befriedigendes heraufzubeschwören. Vielleicht an Schokolade? Passte nicht recht ins Bild. Die Decke, unter der sie als Kind immer geschlafen hatte? Etwas besser. Sie zog sich den imaginären Stoff fest um den Körper, schloss die Augen und versuchte es erneut.

Bunte, tänzelnde Fäden verwoben sich zum Bild eines braunhaarigen, grünäugigen Fremden, der das Gewicht der Welt auf den Schultern trug und sich dennoch mit stiller Anmut bewegte.

Langsam öffnete Josie die Augen. Vielleicht trieb sich Lance gar nicht draußen mit den anderen herum. Vielleicht war er zu Hause in seiner Hütte draußen an der Mesa, wohin sie ihn verschwinden gesehen hatte, während sie beim Essen gewesen war. Was für ein perfekter Ort das wäre. Eine aufsteigende Rauchfahne im Winter, der kühlende Schatten einer Platane im Sommer. Gerade nah genug, um zum Rudel zu gehören, aber weit genug weg, um für sich zu sein.

Oder vielleicht ist er gerade auf dem Weg hierher, säuselte ihre Wölfin.

Josie versuchte, den Gedanken von sich zu schieben, stellte jedoch fest, dass sie zu müde dafür war. Wenn die Vision darauf bestand, in ihre Träume einzudringen, dann sollte sie ruhig – solange es im wahren Leben nicht dazu kam. Ihre Vorstellungskraft verwandelte das Knacken eines Asts zu einem leisen Klopfen an der Tür, und die Fantasie nahm ihren Lauf.

„Josie." Er würde am Eingang stehen und ihr zuflüstern, von hinten vom Mondlicht erhellt.

„Lance..." Langsam würde sie die Hand ausstrecken.

Josie konnte sich alles genau vorstellen – wie Lance in ihr Zimmer schlich, wie er einen Zipfel der Decke anhob und darunter zu ihr rutschte.

Sie schlang die Arme um den Oberkörper und ließ die tröstliche Berührung in eine Umarmung anderer Art übergehen. Langsam streichelte sie über ihren Körper, bis sich ihre Nippel lustvoll aufrichteten. Wie würden sich Lance' Hände anfühlen, wenn sie dieselben Gefilde erkundeten? Wie würde er das Gewicht seines Körpers abstützen, wenn er bei ihr läge? War er ein zärtlicher Liebhaber oder ein fordernder?

Ersteres, entschied sie. Immerhin war es ihre Fantasie. Er würde leise etwas Süßes murmeln, während er eine starke Hand auf ihren Busen legen und mit der anderen ihr Haar streicheln würde. Dann würde sein Daumen ihren Nippel so bearbeiten, wie es gerade ihr eigener Daumen tat. Ihr sehnsüchtiger Körper würde sich an seinen schmiegen und stumm um mehr betteln. Seine Hand würde tiefer wandern und träge kreisend ein warmes, feuchtes Verlangen in ihr schüren, bis sie ein Stöhnen zurückdrängen müsste. Dieser Mann würde genau wissen, wo und wie er sie berühren musste.

Nun würde er es tun, entschied sie, und in der Dunkelheit stellte sie sich vor, wie sich ihre Blicke begegneten, während er ihre Körper aufeinander ausrichtete und in sie glitt. Haut auf Haut. Seine Hitze würde sie verzehren. Zuerst würden sie sich langsam bewegen, dann schneller und heftiger, bis sie einen perfekten Rhythmus gefunden hätten. Seine Züge würden sich anspannen, wenn sie gemeinsam einen mächtigen Gipfel erklimmen und dann auf der anderen Seite in ein Meer von Ekstase stürzen würden.

Wieder und wieder würden sie zusammen zum Höhepunkt kommen, zuerst in dem Gästehaus, das man ihr zugewiesen hatte, dann drüben in seiner Hütte an der Mesa. Josies Herz stieg bei jeder erdachten Begegnung, bei jedem schaudernden

Höhepunkt an. Wenn sie sich nach draußen wagten, würde sie sich von ihm an den Zaun drücken lassen, an dem sie sich zum ersten Mal berührt hatten, und er würde sie in Sphären entführen, so hoch wie die Sterne und so schillernd wie der Mond. Danach würden sie sich verwandeln, gemeinsam durch die Wüste laufen und eigenes Freudengeheul anstimmen.

A-ruuu…

Ihre Fantasien begleiteten sie durch die Nacht und bis in den nächsten Morgen hinein. Sie blieben ihr sogar erhalten, nachdem sie aufgestanden war, sich gestreckt hatte und zum Frühstück im gemeinsamen Speisesaal aufbrach. Die Sonne schien, die Vögel zwitscherten, und immer noch schwelte die Glut in ihr.

Josie gähnte. Jammerschade, dass sie vergangene Nacht nur im Kopf so viele Fantasien erlebt hatte.

Die Tür zum Speisesaal schwang auf, knallte gegen die Wand, und eine große Gestalt trat heraus. Josie blieb abrupt stehen und sah sich ihrer Fantasie gegenüber, diesmal jedoch leibhaftig. Als Lance' Blick dem ihren begegnete, erstarrte auch er.

Eine ganze Weile nahm sie nur das Grün seiner Augen und das wilde Pochen des eigenen Herzens wahr. Der Geruch unverhohlener Lust streckte sich ihr entgegen wie ein Arm. Dann erschreckte eine Stimme hinter ihr sie beide.

„Oh, Josie, Lance, hab ihr euch schon kennengelernt?" Es war Tina, die Tochter des Alphas, die Josie als Erste auf der Ranch willkommen geheißen hatte.

Hitze stieg Josie in die Wangen, als sie sich ein Lächeln abrang. „Ja, haben wir."

Vielleicht lag es nur am morgendlichen Licht, aber auch in Lance' tiefer Bräune schien ein Schuss Rot zu schillern. Sein Geruch jedoch hatte sich von lustvoll zu verhalten neutral gewandelt. Der Mann verkörperte ein Rätsel. Josie fand es unmöglich, in ihm zu lesen.

„M-hm." Sein tiefes Brummen erinnerte sie an Nevada, an das seltene Geräusch entfernten Donners hinter Wolken. „Haben wir." Beinah hätte er es dabei belassen, aber er fügte noch schnell hinzu: „Uns kennengelernt, meine ich."

„Ja, wir haben uns kennengelernt", bestätigte Josie mit zittriger Stimme.

Ziemlich intim, fügte ihre Wölfin mit einem zufriedenen Laut hinzu.

Kapitel 6

Zehn Tage. Lance hatte mitgezählt. Zehn Tage waren vergangen, seit sich Josie am Zaun gegen ihn gedrückt hatte, und verdammt, er wurde das Gefühl immer noch nicht los. Was als Kribbeln begonnen hatte, war erst zu einem Jucken übergegangen und schließlich zu brennendem Verlangen geworden. Schlimmer noch, es schwappte aus den Fantasien der Nacht in den helllichten Tag herüber.

Natürlich strapazierte er seine Theorie, der Mond wäre schuld, allmählich über. Vor allem, da der Mond mittlerweile zu einer nur noch dreiviertel vollen Silhouette und immer schmäleren Sichel geschrumpft war. Trotzdem fand er die Idee besser als die Alternative.

Welcher Narr erkennt nicht seine vom Schicksal für ihn vorgesehene Gefährtin? fragte knurrend sein Wolf. Das Tier krallte seit Tagen an seinem inneren Käfig.

Lance verdrängte die Andeutung jedes Mal.

Gefährtin? Zur Hölle, nein.

So funktionierte das Schicksal nicht. Jedenfalls nicht für ihn. Das Schicksal glich einer verbitterten alten Jungfer, die einige Auserwählte mit Belohnungen überhäufte, während sie auf alle anderen Schlammlawinen entfesselte. So war es einfach.

Das übermittelte Lance an jeden Teil seines Körpers und seiner Seele. Er prägte die Botschaft selbst in die hintersten Winkel seines Geists. Seine Loyalität galt dem Rudel, und das Rudel – in Form des stellvertretenden Rudelführers Tyler – wollte von ihm, dass er Josie beschützte. Die anderen von ihr fernhielt.

Also schlich er umher, knurrte und verteilte mörderische Blicke an alle männliche Wesen über zwölf Jahren, die es wagten, einen Blick in Josies Richtung zu werfen. Und wie er über die Frau wachen würde.

Im Handumdrehen gelang es ihm, eine Tabuzone um das neueste Mitglied des Rudels zu schaffen. Selbst Cody, der sonst Röcken hinterherjagte wie ein Hund einem Ball, hielt sich von Josie fern – fast schon auffällig. Lance konnte nur vermuten, dass es sich bei Josie um eine entfernte Verwandte der Familie des Alphas handelte. Warum sonst sollte sie tabu sein? Was auch immer der Grund sein mochte, es kümmerte ihn nicht wirklich. Je weniger Männer sich um seine Frau – er räusperte sich und korrigierte sich in Gedanken – um *diese* Frau herumtrieben, desto besser.

Josie ging indes scheinbar unbekümmert ihren Aufgaben nach – außer dann, wenn sich Lance zu nah zu ihr wagte. Dann spürte er es wieder – das Einsetzen der Unsicherheit, das Zögern in ihren Schritten. Genauso erging es ihm selbst, wenn er ihr zu nahekam. So tänzelten sie Tag für Tag umeinander herum.

Josie blieb für sich, ging ihrer Arbeit ruhig und effizient nach und nahm die Mahlzeiten getrennt von den anderen ein. Das Rudel der Twin Moon Ranch hatte nicht oft Besucher. Aber wenn jemand kam, lebte er sich entweder schnell ein oder verschwand schleunigst wieder. Josie hatte beides nicht getan – noch nicht. Die Frau blieb ständig im Abseits.

Ein bisschen so wie Lance.

Deshalb überraschte es ihn nicht, als er sie am zehnten Abend allein in einer kleinen Senke am Fuß der Hügel antraf. Weit draußen, wo die Wüste grüner roch und der Salbei süßer. Es handelte sich um die Stelle, an der sie einen improvisierten Bogenschießstand aufgebaut hatte, an dem sie jeden Abend übte. Die Dämmerung schien sie dorthin zu locken wie ein Reh zu einer geheimen Wasserstelle.

Überraschend war nur, dass auch Lance die Füße zu der Stelle geführt hatten. War bei ihnen nicht angekommen, dass er sich von der Frau fernhalten sollte? Ihr zu nah zu kommen, barg Gefahren, das wusste er. Das nächste Mal würde vielleicht er es sein, der den Körper gegen ihren presste. Und wenn er damit anfinge, wie sollte er dann je die Willenskraft aufbringen, aufzuhören?

Twack!

Seine Ohren hefteten sich auf den dumpfen Laut eines Einschlags. Josie übte wieder. Ihm war noch nie ein bogenschießender Gestaltwandler untergekommen, geschweige denn eine Gestaltwandlerin, die es tat. Aber da stand sie groß und schlank und zog einen Pfeil zurück wie einer der Männer von Robin Hoods tollkühner Bande. Man brauchte die Augen eines Falken, um das ferne Ziel bei diesem diffusen Licht zu treffen, und doch gelang es Josie jedes Mal.

Ihr Erscheinungsbild passte dazu: die Haare zu einem lockeren Pferdeschwanz zusammengebunden, die langen Beine in einem erdfarbenen Overall, der nicht ihre geschmeidigen, athletischen Kurven verbergen konnte. Alles an ihr verkündete: *Expertin am Werk! Zurücktreten!* Ganz so, als wüsste sie etwas, das niemand sonst wusste.

Irgendetwas an ihr war anders, daran bestand kein Zweifel. Lance konnte nur nicht den Finger darauflegen. Es ging auf mehr als das Drumherum zurück – den Bogen, die Pfeile, die wachsame Haltung. Vielleicht darauf, wie Josies blaugraue Augen den Himmel betrachteten, als warteten sie auf ein Zeichen. Ein Zeichen wofür?

Twack!

Ein weiterer Pfeil, ein weiterer perfekter Schuss. Behutsam bewegte er sich einen Schritt näher hin. Aus der Ferne zu beobachten, wäre klüger gewesen, aber seine Füße trugen ihn direkt zum Rand der Senke.

Josie wölbte einen Arm über die Schulter, schnippte den weizenblonden Pferdeschwanz zur Seite und zog einen weiteren Pfeil aus dem Köcher an ihrem Rücken. Ihre Finger prüften die Befiederung, wie ein Musiker die Saiten einer Gitarre prüfen würde. Unwillkürlich stellte sich Lance vor, wie diese Finger über seine Haut strichen. Der erste würde sich rau und schwielig anfühlen. Der zweite glatter. Der dritte würde aufreizend sein, und der vierte – der kleine Finger – würde den anderen zart wie ein Schmetterling folgen. Er stellte sich vor, wie sie es wieder und wieder tat, um langsam die Verspannungen in seinem Rücken herrlich zu lockern.

Twack!

Wieder trat Lance einen Schritt vor, geködert von einer hypnotischen inneren Stimme. Diesmal handelte es sich nicht um seinen inneren Wolf, sondern um den Kojoten, die gerissene, durchtriebene Hälfte seiner Seele.

Nur ein bisschen näher, flüsterte das Tier. *Das schadet niemandem. Nur noch einen Schritt. Ein bisschen weiter...*

„Bereitest du dich drauf vor, jemanden umzubringen?"

Er hörte die Worte, bevor ihm klar wurde, dass sie von ihm selbst stammten und er sie in ihr Ohr brummte. Irgendwie hatten sich die letzten Schritte von selbst vollzogen. Und irgendwie klang seine Stimme ruhig, obwohl sein Herzschlag heftig durch seine Ohren pulsierte.

Josie versteifte den Körper, obwohl sie sich nur lässig eine Strähne hinter ein Ohr strich, als wäre sie nicht weiter überrascht, einen beinah Fremden an ihrer Seite vorzufinden.

„Kommt drauf an", murmelte sie.

„Worauf?"

„Darauf, wie sehr mich *jemand* verärgert."

Na gut, er hatte sich also an sie angeschlichen. Sich unbemerkt an jemanden anzupirschen, gehörte zu seinen besten Tricks. Mit Verstohlenheit kannten sich Kojoten aus – eine der wenigen Eigenschaften dieses Teils seiner Abstammung, die ihm etwas brachten.

Josie gab sich zwar kühl, aber Lance' Coyote bemerkte, wie sich ihre Nasenflügel blähten und wie ihr Röte in die Wangen stieg. Entweder ärgerte sie sich darüber, dass sie überrumpelt worden war, oder seine Nähe gefiel ihr.

Vielleicht ein bisschen von beidem. Sein Kojote grinste und beschloss, sich noch ein wenig weiter vorzutasten.

Ungeachtet dessen, dass er Kerle eigentlich von ihr fernhalten sollte.

Das ist kein Widerspruch, entgegnete der Kojote schnaubend. *Wir machen nur unseren Job, behalten sie aufmerksam im Auge.*

Richtig. Ohne unangemessenes Interesse zu zeigen. Ohne danach zu geifern, was immer an ihr so... so... unwiderstehlich war.

Nun ja, zumindest versuchte er es.

„Und was ist nötig, um dich zu verärgern?", ließ ihn der Kojote sagen.

Josie ließ den Blick fest auf das Ziel gerichtet. „Das willst du nicht herausfinden."

Schwirr! Aus der Nähe hörte sich der Flug des Pfeils anders an, erzielte aber dieselbe Wirkung: Ein weiterer Schaft schlug zwischen dem Dutzend ein, das bereits aus ihrem Zielobjekt ragte. Ein Teil von Lance hätte nichts dagegen gehabt, wenn der Schuss danebengegangen wäre und ihre Gefühle verraten hätte. Aber Josie blieb cool, ruhig, gefasst.

Er verkniff sich ein Lächeln. Da hatte er sich Sorgen darübergemacht, dass ihr andere Männer zu nahe kommen könnten, dabei war diese Frau eindeutig niemand, mit dem man sich leichtfertig anlegen sollte. Und doch gestattete sie ihm die Nähe. Warum?

„Eröffnest du die Jagdsaison auf Strohpuppen?"

„Nächste Woche beginnt für Bogenschützen die Saison für Gabelböcke", murmelte sie mit den Lippen an der Bogensehne.

„Du jagst gern?"

„Ich mag das Aufspüren."

Ich auch. Sein innerer Wolf nickte und leckte sich die Lippen.

Einen Moment lang fragte er sich, ob sie es irgendwie mitbekommen hatte. Denn ihre Lippen teilten sich und ihre Schulter neigte sich gerade weit genug, dass er sich fragte, ob sie es auch spürte. Dieses Gefühl der Verbundenheit. Diese Anziehung. Als wären sie beide ein Paar wackeliger Magnete, die in diesem Moment der Wahrheit schwebten, bevor sich die Pole entschieden, ob sie sich anziehen oder abstoßen sollten.

„Wozu der Bogen, wenn du die Tiere nur aufspüren willst?"

Sie betastete die mit Widerhaken versehene Spitze. „Nur für den Fall."

„Für welchen Fall?"

Als Lance sah, wie Josie die Augen vor irgendeiner hässlichen Erinnerung verschloss, bereute er die Frage sofort. Wachsame Finger streichelten den Schaft wie einen Talisman. Und einfach so verschwand die legere Fassade. Darunter kam etwas Hartes und Zorniges zum Vorschein.

„Für den Fall, dass ich auf die richtige Beute stoße."

Lance schnupperte und nahm den Pfeffergeruch von Angst wahr, vermischt mit dem Ammoniakmief von Hass. Oder war es Scham? Seine Stimmung schlug innerhalb eines Herzschlags um. Wurde Josie in der Vergangenheit von irgendeinem Drecksack misshandelt? War sie verletzt worden?

Er durchforstete sein Gedächtnis danach, was die Gerüchteküche auf der Ranch über sie zu berichten gewusst hatte. Woher stammte sie noch mal – aus Nevada? Oder Colorado? Dort gab es ein Rudel, von dem man munkelte, es hätte ein brutales Alpha. Einen, der uneingeschränkt über Geist und Körper der Mitglieder seines Rudels herrschte. Einen, der sie gern zuritt und hart rannahm.

Buchstäblich.

Ein Alpha, der eine Seele auslöschen würde, nur um zu beweisen, dass er es konnte.

Es war leicht nachvollziehbar, warum sich ein Alpha von einer Frau wie Josie angezogen fühlen könnte. Sie besaß diesen inneren Funken, trug diese Flamme in sich. Eine Frau, die das Beste – oder das Schlimmste – aus einem Wolf hervorholen konnte. Aber Josie schien zu rastlos und unabhängig zu sein, um sich mit der Rolle der Gefährtin eines Alphas zu begnügen.

Lance bemerkte erst, dass sie den nächsten Pfeil abgefeuert hatte, als er den zornigen Einschlag hörte. Volltreffer.

Mit einer geschmeidigen Bewegung zog Josie einen weiteren Pfeil aus dem Köcher, legte ihn an und zielte. Die Frau glich einer Wand aus Eis, und ihre grauen Augen erinnerten an Gewitterwolken, als sie zusammengekniffen das Ziel anvisierten.

Schwirr! Der Pfeil flog und vermittelte eine klare Botschaft. *Ich bin keine Frau, mit der man sich anlegt. Ich werde die Vergangenheit austreiben.*

Lance wich zurück, obwohl sich der Kojote in ihm mit der Zunge über die Lippen fuhr. Je mehr sie ihn wegstieß, desto mehr wollte er sie.

Der *Kojote* wollte sie, sagte sich Lance. Nur der Kojote. Der Mann wusste, wo er die Grenze zu ziehen hatte.

Aber es war auch ein Wolf im Spiel. Und Josie war so unwiderstehlich ungezähmt. Wild und frei, unbelastet von den Erwartungen der Gesellschaft.

Im Augenblick jedoch wirkte sie angespannter als ihre Bogensehne. Zeit, sich zurückzunehmen.

„Und hast du auch eine Jagderlaubnis für Gabelböcke?", scherzte er und senkte die Stimme, um den Tonfall eines Sheriffs nachzuahmen.

„Brauche ich nicht", gab sie scharf zurück und täuschte Verärgerung vor, obwohl in ihrer Stimme Erleichterung mitschwang. Endlich hatte er den richtigen Ton getroffen. „Nicht für die Art von Jagd, die ich betreibe."

Sein Herzschlag beschleunigte sich jäh, als er sich fragte, auf was für eine Jagd sie anspielen mochte.

„Was ist mit Wölfen? Hast du dafür eine Erlaubnis?" Gott, wann war er so... so verwegen geworden?

Josie ließ ein übertriebenes Seufzen vernehmen. „Hast du noch nicht gemerkt, dass ich nicht interessiert bin?"

Das behauptete sie vielleicht – aber alles an ihr vermittelte das Gegenteil. Das Stocken in ihrer Stimme, das scharfe Einatmen bei jedem Atemzug, der süße Duft der Erregung, der sie wie Parfüm umhüllte.

„Ich denke, das bist du doch", ließ ihn sein Kojote viel zu nah an ihrem Ohr flüstern.

Sie stieß ein gereiztes Schnaufen aus, als bedrängte er sie bereits seit einer Woche statt seit einer Minute. Warum er es tat, wusste er nicht. Er wusste nur, dass der Kojote schuld daran sein musste. Oh, und den Mond auch, ganz gleich, in welcher Phase er sein mochte.

„Ein Kerl wie du hat bestimmt reichlich Frauen, mit denen er herumspielen kann."

Der Stachel fuhr ihm direkt in die Eingeweide. „Du denkst, ich spiele herum?"

„Du übersiehst das Wesentliche", raunte sie aus dem Mundwinkel. Sein Blick wanderte den Schaft des Pfeils entlang und heftete sich auf die Spitze aus Stahl. „Ich spiele nicht herum." Damit schloss sie die Lippen, zielte und ließ los.

Rums!

Lance musste nicht hinsehen, um zu wissen, dass der Schuss ein weiterer Volltreffer war.

„Ich auch nicht", beteuerte er, obwohl er wusste, dass er zurückstecken sollte. Aber es stimmte: Er spielte nicht. Sein Verhalten entsprach reinem Verlangen. Instinkten. Wie man es auch nennen mochte, er konnte nicht dagegen ankämpfen. Was er plötzlich auch gar nicht mehr wollte.

Als ihr Blick auf seine Lippen fiel und dort lang genug verharrte, dass er sich sicher sein konnte, handelte er instinktiv. Als Nächstes bekam er mit, dass seine Hand auf ihrer Schulter lag und sich seine Lippen den ihren näherten. Als sie sich berührten, wich die Überraschung in ihren Augen etwas Sanftem, Willigem und so Einsamem, dass er sich nicht von ihr löste. Einen solchen Blick entdeckte Lance manchmal im Spiegel. Bei den seltenen Gelegenheiten, wenn er sich darin betrachtete.

Einen Herzschlag später schloss er die Augen, sperrte die Welt aus und konzentrierten sich völlig auf den Kuss. Josies Lippen erwiesen sich als süß, weich und herb wie ein geheimes Elixier, eigens gebraut, um seine Seele zu beleben. So musste sich ein Kolibri fühlen, wenn er sich Nektar näherte: eine Welt, die vor Farben, Texturen und Aromen strotzte. Und dann ihr Geschmack! Süß und schüchtern und unerwartet wie wilde Brombeeren, die nur in guten Jahren gediehen. Eine Köstlichkeit, bei der man sich glücklich schätzen konnte, eine Handvoll zu ergattern, bevor sie so schnell verschwand, wie sie aufgetaucht war.

Josies Duft glich dem gesamten Frühling, komprimiert in einen einzigen Tag, einen einzigen Moment. Lance' Lippen bildeten unausgesprochene Worte, während sich ihre erwidernd unter ihnen bewegten. Sie lehnte sich an ihn. Ihr schlanker Körper schmiegte sich perfekt an seinen.

Perfekt. Zuhause. Mein. Gedanken holperten wie Steppenläufer durch die unebene Landschaft seines Geistes.

Sie ließ den Bogen an ihrer Seite sinken und schlang die andere Hand um seine Rippen, zog ihn näher.

„Josie", flüsterte er, und sogar diese beiden Silben schmeckten süß.

Jäh öffneten sich ihre Lider. Ihre grauen Augen wirkten warm und sanft wie eine Schönwetterwolke bei Sonnenaufgang.

Doch im nächsten Moment versteifte sie den Körper. Ihr Blick schnellte hin und her, und sie zog sich von Lance zurück. Sein Wolf stimmte ein Winseln an und wollte ihr erklären, dass er ihr niemals wehtun würde. Er würde sie festhalten, lieben und beschützen. Für immer.

Aber Josie bewegte sich rückwärts von ihm weg, das Gesicht der Anhöhe hinter ihnen zugewandt. Jemand war im Anmarsch.

Lance schwenkte schnell zum Holzstapel herum, während Josie einen weiteren Pfeil anlegte und sich dem Ziel zuwandte, als wäre nichts geschehen. Die beiden erwiesen sich bereits als perfekte Verschwörer, obwohl sie gerade mal einen Kuss ausgetauscht hatten.

Jemand stieß einen Fluch aus und störte damit den Frieden in der Senke. Lance wirbelte herum, mit jedem angespannten Muskel bereit, seine Gefährtin zu verteidigen.

„Du", ertönte ein knapper, anklagender Ruf.

Lance' Rückgrat versteifte sich, als Tyrone in Sicht geriet. Was zum Teufel wollte der Alte hier draußen?

Der Alpha näherte sich, strahlte dabei Macht wie etwas Lebendiges und Atmendes aus.

„Du."

Als der alte Mann einen anklagenden Finger auf Josie richtete, stellte sich Lance ihm sofort in den Weg. Alpha hin, Alpha her, kein Mann würde sich Josies nähern.

Tyrone bedachte ihn mit einem vernichtenden Blick, bevor er sich Josie zuwandte. „Du solltest nicht allein hier sein."

Sie ist nicht allein, wollte Lance anmerken. *Sie hat mich.*

Der alte Alpha streckte die Hand aus. Seine Finger zielten auf die übliche Stelle an Lance' Nacken. Normalerweise ließ Lance den Alpha gewähren. Das musste er – es entsprach den Sitten des Rudels.

Diesmal jedoch rebellierte der Kojote und weigerte sich, nachzugeben. Ob das Tier damit Josie beeindrucken wollte oder lediglich den Verstand verloren hatte, vermochte Lance nicht zu sagen. Er wusste nur, dass er genug hatte. Also trat er einen winzigen Schritt so zur Seite, dass die Hand des Alphas auf seiner Schulter landete und knapp ihr eigentliches Ziel verfehlte.

Tyrones Augen wurden groß und blitzten.

Stell mich ruhig auf die Probe, alter Mann, wäre Lance' Kojoten beinah herausgerutscht. *Versuch es.*

Die Lippen des Alphas krümmten sich nach unten, während sein Blick zwischen Lance und Josie hin und her schnellte.

„Zeit zu tun, was du am besten kannst, Junge." Indem Tyrone gleich darauf ausspuckte, verwandelte er jedes Wort in eine Beleidigung. Als er Lance beiseite zog, bohrten sich seine Fingernägel in die Haut. *Und wenn ich dich noch mal in der Nähe dieser Frau erwische,* fügte sein finsterer Blick hinzu, *häute ich deinen nichtsnutzigen Kojoten bei lebendigem Leib.*

Bevor Lance eine Antwort formulieren konnte, fuhr der alte Mann fort. „Wir haben einen Hinweis auf einen möglichen Eindringling erhalten."

Damit versetzte der alte Mann Lance einen Stoß in Richtung der Ranch. Und in den alten Tagen hätte sich Lance mit dem Befehl vermutlich stolpernd in Bewegung gesetzt. Diesmal hingegen machte er einen einzigen, steifen Schritt – die kürzest mögliche Bewegung, die keinen Kampf entbrennen lassen würde. Einen weiteren Kampf konnte er nicht gebrauchen, denn in seinem Inneren tobte bereits einer um Josie. Wegen der Wirkung, die sie auf ihn hatte. Wegen der Reaktion seines inneren Wolfs und Kojoten auf sie – die sich ausnahmsweise einig waren.

Sie ist unsere Gefährtin!

Die Worte schwirrten wie Glühwürmchen durch seinen Kopf. Und so sehr er ihnen beim Leuchten und Spielen zusehen wollte, er wusste, dass er sie auslöschen musste. Es durfte nicht sein. Für ihn gab es keine Gefährtin, keinen Frieden. Nur einen Eindringling, den es aufzuspüren galt. Das war seine Pflicht. Der herrschende Alpha hatte es so verfügt.

Pflicht. Sein Wolf nickte.

Gefährtin, rief der Kojote.

Tyrone löste die Pattstellung mit einem zweiten, zornigen Schubs auf. „Los. Mach dich an die Arbeit. Hast du mich verstanden, Junge?"

Oh, und ob er das hatte. Mit *Eindringling* meinte der Alte einen fremden Gestaltwandler. Der offenbar Ärger suchte. Ohne Erlaubnis das Gebiet des Rudels zu betreten, war mehr als eine Beleidigung – es galt als Verbrechen. Und eine Gefahr für Lance' Rudel kam einer Gefahr für Josie gleich. Wer ins Territorium des Rudels eindrang – und in dieses verrückte *Etwas,* das zwischen Josie und ihm knisterte –, war todgeweiht.

Josies graue Augen suchten seinen Blick und sahen ihn eindringlich an. Ihre Züge wirkten hart, aber der Ausdruck in ihren Augen wurde gerade mild genug, dass sich sein Innerstes zusammenzog.

Pflicht? Gefährtin?

Lance riss sich los. Wenn er weiter in diese Richtung dachte, würde bald er todgeweiht sein.

Kapitel 7

Zwei Tage vergingen. Josie redete sich ein, dass sich die Ranch ohne Lance' Gegenwart nicht anders anfühlte, doch es erwies sich als unmöglich, sich etwas vorzumachen. Irgendetwas fehlte, und sei es nur seine unübersehbare Präsenz. Der Mann glich einer Mesa nach Einbruch der Dunkelheit: eine grüblerische, einsame Felsmasse, irgendwo zwischen Vergangenheit und Zukunft gefangen.

So muss es nicht sein, murmelte ihre Wölfin. *Er kann es besser haben. Er kann uns haben.*

Da klingt aber jemand eingebildet, schoss sie zurück. *Ein so toller Preis bin ich nicht.*

Oh, aber ich schon, säuselte die Wölfin.

Zumindest der Teil stimmte, und Josie hätte beinah über ihr Geheimnis gelächelt.

Auch ein anderer Teil entsprach der Wahrheit: Lance könnte es besser treffen, als die zweite Geige hinter dem künftigen Alpha zu spielen. Ein gesundes Rudel brauchte mehr als einen alleinigen Anführer, und Tyler schien Manns genug zu sein, das zu erkennen. Aus Josies Sicht bestand das Problem darin, dass sowohl Tyler als auch Lance noch die Jungen von früher waren und sich dem alten Alpha bedingungslos unterwarfen. Was wäre nötig, um die alte Garde aufzurütteln?

Andererseits: Ging sie das etwas an? Vielleicht wollte es Lance gar nicht besser treffen. Vielleicht wusste er nicht mal, wie sich „besser" anfühlte.

Wir können es ihm zeigen. Wärme durchströmte ihre Wölfin bei der Erinnerung an seinen Kuss. Einen Kuss wie Wagnis, Hoffnung und Versprechen, alles in einem. Elektrisierend und beruhigend zugleich. Er hatte ihr das Gefühl vermittelt, dass es auf der Erde einen Platz für sie gab: eine glückliche, sichere und beschauliche Zuflucht in seiner Nähe.

Josie schüttelte sie sich innerlich. Ein Kuss konnte auch wie ein Brandzeichen sein und sie zu seinem Eigentum stempeln. Darin lag die Gefahr: ein Alpha, der entschied, dass sie ihm gehören sollte. Davor war sie bereits zweimal geflohen. Josie wollte niemandem gehören. Sie wollte – musste – ihre eigene Herrin sein.

Also bemühte sie sich bestmöglich, so zu tun, als würde sie Lance nicht vermissen. Sie konzentrierte sich einfach auf ihre Arbeit, ohne Aufmerksamkeit auf sich zu ziehen. Das war entscheidend, vor allem so kurz vor dem Neumond.

Sie arbeitete sich den hölzernen Zaun an der Südwestseite der Ranch entlang und überprüfte jeden Querbalken. Die Mittagssonne saugte alle Lebenskraft aus der Luft. Die Hitze lastete wie eine Bleiplatte auf der Landschaft. Das rege Treiben ehrlicher Arbeit, das sie bei der Ankunft auf der Ranch so fasziniert hatte, wirkte an diesem Tag schal.

Schon komisch, welchen Unterschied ein einsamer Fährtensucher bewirken konnte.

So viel hatte sie über Lance herausgefunden. Er war Fährtensucher – und nicht bloß irgendeiner, sondern der beste in der „Four Corners" genannten Region des Grenzgebiets von Arizona, New Mexico, Colorado und Utah. Das hatte Josie von der bezaubernden alten Frau erfahren, die alle Tante Milly nannten. Die Frau schien die inoffizielle Leitwölfin des Rudels zu sein, da sich der griesgrämige alte Alpha nie eine Gefährtin genommen hatte.

„Wenn es auf zwei Beinen läuft, kann unser Lance es aufspüren", hatte Tante Milly voll Stolz gemeint.

Bei den Worten hatte Josie die Wolfsohren gespitzt. *Wie wär's damit, etwas Vierbeiniges aufzuspüren?*

Wäre ihr Schwanz ausgefahren gewesen, sie hätte lustvoll damit gewedelt.

Josie klatschte sich mit fester Hand auf den Oberschenkel und ermahnte ihre Wölfin, sich zusammenzureißen. Aber auch das konnte sie nicht davon abhalten, sich eine nächtliche Hetzjagd vorzustellen. Sie als die Beute, er als der Fährtensucher. Das wäre mal ein unterhaltsames Spiel.

Jagen ist kein Spiel, hielt sie sich vor Augen und hörte das Echo der Worte ihrer Großmutter, die sie vor so langer Zeit gesprochen hatte, gefühlt in einem anderen Leben und an einem völlig anderen Ort.

In der Ferne läutete die Essensglocke und rief die Arbeiter der Ranch in den Speisesaal. Aber Josie werkelte weiter. Wenn sie erst gegen Ende der Essenszeit dazu stieße, blieb weniger Zeit dafür, höflichen Smalltalk betreiben zu müssen. Nicht, dass sie die anderen nicht mochte. Nur war an diesem Tag nicht die Gesellschaft da, die sie wirklich wollte.

Als sie sich bückte, um den untersten Querbalken des Zauns zu überprüfen, hörte sie es: einen Schritt hinter ihr, dann noch einen.

Als sie herumwirbelte, warf die sich nähernde – stattlich große – Gestalt die Hände hoch wie ein auf frischer Tat bei einem Verbrechen Ertappter.

Sie legte den Kopf schief. Es handelte sich um Tyler, den ältesten Sohn des Alphas und dessen Thronfolger. Bisher hatte sie ihn nur von Weitem gesehen – er strahlte immer eine so starke Aura aus, dass sie jeden auf Abstand hielt. Im Moment jedoch hatte er den Blick zu Boden gerichtet und wirkte zögerlich.

„Hi", murmelte er so leise, dass Josie es kaum hören konnte.

Der Drang, die Flucht zu ergreifen, ließ ihr Herz ein wenig schneller schlagen.

„Hi", rang sich Josie ab. Es purzelte kurz angebunden und überhastet aus ihr heraus. Abweisend.

Tyler schaute zurück zur Ranch, und eine Sekunde lang glaubte Josie, die imposante Gestalt seines Vaters zu sehen, der sie mit finsterer Miene aus den Schatten beobachtete. Aber um die Mittagszeit spielte die Wüste den Augen gern Streiche – wahrscheinlich bildete sie es sich bloß ein.

Tyler steckte die Hände in die Hosentaschen und trat mit dem Stiefel in den Boden, als könnte er zwischen den Kieselsteinen und dem Dreck vielleicht eine Karte finden, auf der stünde, was er sagen sollte.

„Wie kommst du klar?", erkundigte er sich, nachdem eine lange Minute in Stille verstrichen war. „Ich meine, wie lebst du dich ein?" Sein Blick wirkte zurückhaltend, der Ausdruck um die Winkel seiner dunklen Augen traurig.

Nur das hielt Josie davon ab, davonzurennen. Tyler war nicht gekommen, um ihr etwas zu tun oder etwas von ihr zu fordern. Er war gekommen, um... um...

Moment. Warum hatte sich der zweitranghöchste Wolf im Rudel die Mühe gemacht, mit ihr zu reden, während er sie ansah, als wäre sie ein Problem, das er nicht lösen konnte?

„Äh... gut. Danke."

Tatsächlich ging es ihr mehr als gut. Arizona behagte ihr perfekt, und ihr Herz frohlockte mit jedem Flüstern des sauberen, trockenen Winds. Das Westend Rudel fehlte ihr in keinerlei Hinsicht, und sie fand nichts daran auszusetzen, wie das Rudel der Twin Moon Ranch in stiller Harmonie mit der Erde arbeitete.

Besser ginge es ihr nur, wenn Tyler sie in Ruhe ließe – und noch besser, wenn Lance in der Nähe wäre. Der Fährtensucher besaß die Gabe, ihren Herzschlag entweder zu beruhigen oder vor Erregung zum Rasen zu bringen. Tyler hingegen löste bei ihr alle Alarmglocken aus. Wer er war und wofür er stand, jagte ihr Angst ein. Er war ein Mann, der Macht besaß, und Macht verdarb Männer tendenziell.

„Gut." Tyler nickte, aber in seinem Tonfall schwang wenig Begeisterung mit, als wäre ihm eine andere Antwort lieber gewesen.

„Gut", echote sie.

Gott, war das peinlich. Was wollte er nur? Josie schaute nach Süden, mied seinen Blick. Er schaute nach Norden und mied ihren.

„Kommst du zum Essen?", fragte er schließlich.

Sie konnte nicht gut nein sagen, allerdings wollte sie auch nicht ja sagen. „Bald."

Wieder nickte er und starrte mit dem leeren Blick eines Mannes, der seine Wünsche und Hoffnungen aufgegeben hatte, in die Ferne. Er wirkte so trostlos, dass Josie beinah mit ihm fühlte. Trotz allem, wovor sie in der Vergangenheit flüchten musste – zwei Grobiane in Colorado und ein erstickendes Rudel in Nevada –, hatte sie die Hoffnung nie aufgegeben. Die Hoffnung darauf, einen Ort zu finden, den sie als Zuhause betrachten konnte. Vielleicht einen Ort wie diesen.

Wenn sie nur alle in Ruhe ließen.

Womöglich hatte Tyler ihre Gedanken gelesen, denn er nickte noch einmal mit verkniffener Miene und ging dann davon. Schnell.

Sie schaute ihm nach und wünschte, es wäre Lance, der kam, nicht ein für sie uninteressanter Mann, der ging. Aber wenigstens ließ Tyler ihr Freiraum.

Josie überprüfte drei weitere Abschnitte des Zauns, bevor sie den Hammer einsteckte und zurück ins Zentrum der Ranch ging. Was hatte es mit dieser seltsamen Begegnung auf sich gehabt?

Sie ließ sich bei jedem Schritt zurück reichlich Zeit und beobachtete gemächlich, wie ein Vogel aus dem Bewässerungsgraben trank und dann in den Schatten eines Baums huschte. Anschließend beschrieb sie einen weiten Umweg zum Tor der Ranch wie fast jeden Abend. Irgendetwas daran, wie das schlichte und doch so stolze Gebilde die Landschaft umrahmte, faszinierte sie. Die dicken Stämme von zwei Gelb-Kiefern bildeten die Seiten und stützten einen langen Querbalken hoch über dem Boden. In der Mitte hing das Brandzeichen der Ranch: zwei Kreise, die sich mit einem dritten überlappten.

Twin Moon Ranch. Der Name passt perfekt.

Josie hielt am Tor inne. Noch einen Schritt weiter, und sie wäre in der Außenwelt. Ein Schritt zurück, und sie wäre auf dem Gebiet der Ranch. Unschlüssig wippte sie auf den Fußballen. War die Ranch ein Gefängnis oder eine Zuflucht? Welchen Weg sollte sie einschlagen?

Vorwärts, spornte sie sich an. *Nach draußen.* Das schien der richtige Weg zu sein. Um Freiheit und ihr Schicksal zu finden, wie es auch aussehen mochte.

Ihre Wölfin schnaubte. *Unser Schicksal ist genau hier. Ganz schlechter Zeitpunkt zum Gehen.*

Josie zauderte. Schließlich trat sie einen Schritt zurück und fragte sich, was sie zurückhielt.

Wir warten, Dummerchen, sagte ihre Wölfin.

Worauf denn?

Auf Lance' Rückkehr.

Am liebsten hätte Josie geschnaubt. *Das ist erbärmlich.*

Es ist romantisch, widersprach die Wölfin.

Wenn es so romantisch ist, warum ist er dann gegangen?

Die Wölfin zuckte nur mit den Schultern. *Pflicht.*

Ah, die Schlichtheit eines Wolfsverstands.

Eine Wölfin mochte mit einem solchen Leben zufrieden sein – zu Hause zu warten wie eine brave kleine Gefährtin. Nicht jedoch eine Frau, die auf eigenen Füßen stehen konnte.

Tja, Lance ist nicht hier, und jetzt schnüffelt Tyler herum. Das ist das Letzte, was wir brauchen.

Die Wölfin gab ein träges Schnauben von sich. *Er hat nicht herumgeschnüffelt. Er war nicht interessiert. Von ihm geht nicht der leiseste Hauch von Lust aus.*

„Gott sei Dank." Den Teil sprach Josie laut aus. Aber was wollte er dann?

Nicht uns. Wieder zuckte die Wölfin mit den Schultern.

Das musste Josie dem Tier zugestehen. Was immer Tyler wollte, sie war es nicht, und darüber war sie heilfroh. Sollten andere Frauen sehnsüchtige Blicke auf ihn werfen. Daran hatte sie kein Interesse. Oder besser gesagt, nicht an ihm.

Über ihr zog ein Falke weite Kreise. Josie beobachtete ihn. Es hatte etwas Magisches an sich, einem anderen Raubtier bei der Arbeit zuzusehen. Lauernd kreiste der Falke im Gleitflug und wählte genau den richtigen Moment, um auf seine Beute herabzustürzen. Josie wusste, was das beiläufige Heben seiner Federspitzen bedeutete: Heute war noch ein Tag von vielen, aber in dieser Nacht... in dieser Nacht stand der Neumond an.

Ihre Wölfin konnte ein vorfreudiges Schaudern nicht unterdrücken, da sie wusste, was das bedeutete. Die schwärzeste, tiefste Nacht, in der die Zeit stillzustehen schien, abgesehen vom langsamen Verlauf der Sterne am Himmel.

Der Neumond rief so nach ihr wie der Vollmond nach anderen. Jeder Wolf in jedem Rudel hatte eine Pflicht. Josie jedoch hatte zudem eine Berufung, die über ihren Pflichten einem beliebigen Rudel stand.

Heute Nacht, versprach sie sich. Sie würde ihren Geist von Lance befreien und sich ins Gedächtnis rufen, wer sie war und was sie zu tun hatte.

Allerdings brauchte sie dazu mehr Freiraum. Wenn sie sich zu nah bei den anderen herumtriebe, könnte auffliegen, was sie war. Ein Blick zur Sonne, die ihren Zenit überschritten hatte, verriet ihr, dass sie sich besser bald auf den Weg machen sollte. Sie würde zuerst eine Weile nach Norden fahren und anschließend zu Fuß aufbrechen müssen, um zu finden, wonach sie suchte.

Also marschierte sie zum Speisesaal, schlang eine schnelle Mahlzeit hinunter und kritzelte eine Nachricht, die sie auf dem Bett im Gästehaus zurückließ. Eigentlich sollte sie den Alpha vor dem Verlassen der Ranch um Erlaubnis fragen. Aber streng genommen wollte sie ja nur zu einer entlegenen Ecke des riesigen Grundstücks, also traf das nicht ganz zu.

Bin bald zurück, stand auf dem Zettel.

Ihre Wölfin lachte. *Bald?*

Tja, *bald* klang höflicher als *Wann immer mir danach ist.* Josie starrte auf den Zettel und wünschte, sie könnte genau das schreiben. Würde sie je ein Rudel finden, das verstand, was das Schicksal für sie vorgesehen hatte?

Sie wartete, bis die anderen an die Arbeit zurückgekehrt waren. Dann schnappte sie sich ihren Bogen und ihre Pfeile und trat damit den Weg zu dem verbeulten alten Ford an, mit dem sie aus Nevada hergefahren war. Sie hatte monatelang gespart, um ihn sich für ihre Unabhängigkeit und ihren Stolz zu kaufen. Außerdem aus Bequemlichkeit und zur Beruhigung, um bei Bedarf eine Fluchtmöglichkeit zu haben.

Die Erregung darüber, ein eigenes Auto zu besitzen, war immer noch vorhanden, als sie einstieg und losfuhr. Nachdem sie mental in Fahrt gekommen war, erwies es sich als einfach, durch das Tor hinauszubrausen. Josie fuhr drei Meilen die Schotterstraße entlang, bevor sie scharf nach links auf den Highway bog und nach Norden fuhr, wohin ihr Gefühl sie zog.

Norden. Dort würde sie ihre Beute finden.

Kapitel 8

Es fing gut an, wie es sich für vielversprechende Jagd gehörte.

Josie fuhr zwei Stunden nach Norden und dann auf eine lange, kurvenreiche Nebenstraße. Sie ließ sich von ihren Instinkten zu ihrer Beute führen. Dann jedoch begann der Motor, angestrengt zu stottern und Dampf auszustoßen, bevor er schließlich röchelnd abstarb.

Josie stieg aus, öffnete die Motorhaube und betrachtete den qualmenden Motor. Es dauerte nicht lang, bis sie zu dem Schluss gelangte, dass sie keine Ahnung hatte, was sie tun sollte.

Mist.

Sie hob den Kopf und sah sich um. Dann schloss sie die Augen, schnupperte und fand einen Funken Hoffnung. Um die Autopanne konnte sie sich später kümmern. Wichtig war, dass sie sich nah genug befand, um zu Fuß weiterzugehen. Sie spürte ihre Beute nicht allzu weit entfernt. Bald würde es dunkel sein, und die Jagd wäre eröffnet.

Die Jagd. Ihre Lippen verzogen sich zu einem Lächeln.

Ambossförmige Wolken formierten sich am Horizont wie eine feindliche Armee vor einem Feldzug, aber das spielte kaum eine Rolle. Der Duft ihrer Beute war kräftig und strotzte vor Leben. Natürlich stellte es selten ein Problem dar, ihre Beute aufzuspüren. Heikel war eher, sie zu fangen.

Es herrschte noch Tageslicht – zu früh, um sich der Beute zu nähern. Josie griff sich eine Wasserflasche vom Rücksitz und trank ausgiebig. Ruhig ließ sie die Sonne untergehen, die Wolken heranziehen, das Auto warten. Sie würde wie der am Himmel kreisende Falke sein und geduldig des richtigen Zeitpunkts harren.

Als sie die Flasche erneut an die Lippen hob, hielt sie abrupt inne und drehte sich um. Eine Staubfahne stieg von der unbefestigten Straße auf und kam in ihre Richtung. Ein erschrockenes Kribbeln breitete sich in ihrem Nacken aus, als sie einen dunkelroten Pick-up mit getönten Scheiben erblickte. Jeder Muskel in ihrem Körper versteifte sich.

Ärger im Anmarsch. Mit Sicherheit Ärger.

Josie zog ihren Bogen durch das offene Fenster vom Rücksitz, dazu einen Pfeil mit Silberspitze – nur für alle Fälle. Dann wirbelte sie zurück zur Straße herum und legte den Pfeil an, als der Truck zum Stehen kam und sich die Fahrertür knarrend öffnete.

Ihre Finger strichen über die Befiederung, während sie wartete, gewappnet, sich den Fremden bei Bedarf vom Leib zu halten. Sie hatte mehrere Waffen zur Auswahl: Worte, Fänge und die Spitze ihres Pfeils. Josie würde mit einer davon beginnen und je nach Erfordernis der Lage zu einer anderen übergehen.

Erst, als ihr der Geruch des Mannes in die Nase stieg, fing sie innerlich zu zittern an. Hinter den Aromen von Tabak, schalem Bier und billigem Eau de Cologne verbarg sich die unverwechselbare Moschusnote eines Gestaltwandlers. Eines Wolfsgestaltwandlers. Also jemand ihrer Art.

Ein großer, bulliger Mann stieg aus dem Wagen.

„Hallo, Sonnenschein.“ Er grinste. „Ist lange her.“

Josie erstarrte. Es lag Jahre zurück, dass zuletzt jemand diesen dämlichen Spitznamen für sie benutzt hatte. Ihr Blick schnellte zu seinem Auto und heftete sich auf die grün-weißen Zierleisten des Kennzeichens aus Colorado. Als ihr Blick zurück zum Gesicht des Fremden wanderte, fügte sich alles zusammen.

Ein großspuriger Kerl, der einen Truck mit Kennzeichen aus Colorado fuhr. Ein Kerl mit einer Kinnspalte so tief, dass man eine Münze darin verstecken könnte. Ein Kerl, der sie mit einem Spitznamen bedachte, den sie seit Jahren nicht mehr gehört hatte.

Ein Albtraum direkt aus ihrer Vergangenheit.

„Freust du dich so sehr, mich zu sehen, dass es dir die Sprache verschlagen hat?“ Er lachte leise.

„Jed." Josie nickte und verdrängte sämtliche Emotionen aus ihrer Stimme.

Er war es wirklich. Oder vielmehr eine ausgewachsene Version des alten Jed. Er war von jeher groß und eingebildet gewesen, und sie hatte immer gewusst, dass er zu jemandem heranwachsen würde, den man nicht auf die leichte Schulter nehmen durfte. Aber das? Der Teenager, der wie Unkraut in die Höhe geschossen war, hatte sich um die fünfunddreißig Kilo Muskelmasse zugelegt. Seine fein geschnittenen Züge wurden von Gesichtsbehaarung entlang der Kieferpartie von einem Ohr zum anderen betont. Er strich sich übers Kinn, während er sie von oben bis unten musterte. Sein Blick wirkte ruhig, selbstsicher und hungrig.

„Mein kleiner Sonnenschein, ganz erwachsen", murmelte Jed. Dann begann er ein Gespräch, als hätten sie sich zuletzt vor zehn Minuten statt vor zehn Jahren gesehen. „Ich habe ernst gemeint, was ich gesagt habe, Sonnenschein. Vor uns beiden liegt Großes."

Er war noch genauso verrückt wie damals. Sogar noch verrückter. Josie trat einen Schritt zurück und hielt den Bogen höher. Den Pfeil ließ sie angelegt.

„Wie hast du mich gefunden?"

Er grinste wie der Teufel in einer heißen, schwülen Nacht. „Hab eine Nase für meine Gefährtin, Sonnenschein."

„Ich... bin... nicht... deine... Gefährtin." Sie betonte jedes Wort extra, damit die Aussage vielleicht diesmal in seinen Dickschädel vordrang.

Jed grinste nur noch breiter und ließ die Spitzen seiner Eckzähne aufblitzen. „Du hast schon immer gern gespielt."

Josie ließ den Blick über die kahle Landschaft wandern, suchte nach einem Fluchtweg. Jeds Vorstellung von Spielen bedeutete höchstwahrscheinlich groben Sex, gefolgt von einem Paarungsbiss, der Josie für immer an ihn binden würde. Auf keinen Fall. Sie befahl ihrem rasenden Herzen, sich zu beruhigen, und ihrem rotierenden Verstand, nachzudenken.

Zuletzt hatte sie gehört, dass der Alpha des Rudels von North Ridge in Colorado nach wie vor Greer Roberts war. Außerdem hatte sie gehört, dass er immer noch ein skrupelloser Tyrann war. Hatte er Jed geschickt, um sie aufzuspüren? Unwahrscheinlich. Bestimmt hatte man Jed schon vor Jahren rausgeworfen, bevor er zu viel Ärger verursachen konnte. Weniger stabile Rudel sprangen so mit aufstrebenden, ehrgeizigen Burschen um, ehe sie die Führung anfechten würden. Die jungen Verstoßenen streiften rastlos umher und stifteten Unruhe, bis sie einen Ort fanden, der ihnen gefiel und den sie übernehmen wollten, indem sie den örtlichen Alpha zu einem Kampf auf Leben und Tod herausforderten.

„Du und ich, wir fahren zurück nach Hause." Jed umriss sein Vorhaben in einem Ton, der eher nach Plänen für ein Wochenende als für einen Putsch klang. „Ich schalte Greer aus, und wir können über das Rudel herrschen. Was ist?" Kurz verstummte er, als er sah, wie ihr Mund aufklappte. „Greer ist ein egoistischer, habgieriger Arsch. Es steht ihm nicht zu, Alpha zu sein."

Dir auch nicht, hätte Josie beinah angemerkt. Glaubte Jed wirklich, er könnte es mit Greer aufnehmen – dem größten, fiesesten Alpha, den Josie je gesehen hatte?

Allerdings wirkte auch diese neue Version von Jed ziemlich groß und fies. Vielleicht, nur vielleicht, könnte Jugend über Erfahrung triumphieren. Das Rudel von North Ridge würde weder vom einen noch vom anderen Fall profitieren.

„Ich gehe nie mehr zurück", beharrte sie und ließ den Blick über die Gegend schweifen. Den Bogen aus nächster Nähe zu benutzen, bot eine Fifty-Fifty-Chance. Aber wenn sie sich in Wolfsgestalt verwandelte, könnte sie Jed davonrennen. Stellte sich die Frage, ob er allein angereist war.

„Und ob du mitkommst." Er nickte und lächelte, allerdings sprach aus seinen Augen eine Warnung.

Ein zweiter Motor ertönte in der Ferne, und Josies Mut sank.

„Ein Freund von dir?" Knurrend drehte sich Jed der Quelle des Geräuschs zu.

Ein schnittiges schwarzes Motorrad brauste die Straße entlang und wirbelte eine Staubwohle auf, die sich in den zunehmend dunkleren Himmel kräuselte.

Josie gab sich einem Wunschtraum hin. Ein Freund mit einem schnellen Motorrad und einem perfekten Gespür für Timing käme ihr im Augenblick äußerst gelegen. Ein Freund mit einem altmodischen schwarzen Helm und einem prallen Bizeps, der sich anspannen würde, wenn er heranbrauste und schlitternd zum Stehen käme. Ein Freund mit grimmiger Miene, der vom Motorrad springen und seinen Helm zur Seite werfen würde.

„Wer ist der Arsch?" Jed deutete mit dem Daumen in die Richtung des Neuankömmlings.

Josie blinzelte. „Lance?"

Er war es tatsächlich, obwohl sich sein gesamtes Auftreten verändert hatte. Er wirkte größer, düsterer, härter. Einen Moment lang sah er wie ein Mann aus, der sich in einen feuerspeienden Drachen verwandeln könnte statt in einen Wolf.

„Wer ist *dieser* Arsch?", gab Lance knurrend zurück.

Kapitel 9

Lance musterte den Eindringling von oben bis unten, ließ ihn gemächlich auf sich wirken. Dann sah er Josie an. Kannte sie diesen Penner?

Schritt für vorsichtigen Schritt umkreisten er und der Eindringling einander vielleicht zwei Meter voneinander entfernt.

„Vor dir steht der künftige Alpha des North Ridge Rudels", erklärte der Penner in vollem Ernst.

Was für ein großspuriger Mistkerl. Lance schnupperte und schnappte rohe Wolfskraft auf. Allerdings vermittelte der Geruch nur Muskeln und Gehabe, kein Hirn oder Rückgrat.

„Mach halblang, Jed." Josie verschränkte die Arme vor der Brust.

Jed? Verärgerung regte sich in Lance' Wolf. *Wer zum Teufel ist Jed?*

Gut, dass er gerade noch rechtzeitig eingetroffen war, bevor... bevor... Nein, er wollte sich gar nicht ausmalen, was dieser Arsch von Josie wollte. Jedenfalls konnte es nichts Gutes sein, und sie wollte es nicht. Das ließ sich eindeutig erkennen.

Allein, sie wiederzusehen, beschleunigte seinen Herzschlag. Obwohl es nur wenige Tage zurücklag, hatte sich die Sehnsucht in ihm stetig gesteigert. Er hatte seine Aufgabe als Fährtensucher so schnell wie möglich abgespult.

Normalerweise lief es anders, denn er liebte es geradezu, allein in der Wüste unterwegs zu sein. Diesmal hingegen hatte es sich nicht richtig angefühlt. Kaum hatte er die Ranch verlassen gehabt, wurde er vom Gefühl eingeholt, er hätte etwas in der alten Hütte vergessen, die er sein Zuhause nannte.

Etwas. Vielleicht sogar jemanden.

Lance hatte sich eingeredet, Josie wäre es nicht. Sein Wolf hingegen wurde bei dem Gedanken aufgebracht und zog ihn von der Pflicht weg und zurück zu ihr. Also gab er sich beim Fährtensuchen alle Mühe, um den Auftrag möglichst schnell zu erledigen. Bisher hatte er drei Eindringlinge aufgespürt und vom Grundstück entfernt. Zwei waren schlau genug gewesen, die Flucht zu ergreifen. Der dritte war so dumm zu glauben, er könnte es mit einem wütenden Werwolf auf dessen Territorium aufnehmen.

Jener Mann war inzwischen tot.

Einen vierten hatte Lance gerade im Visier gehabt, als er einen Anruf erhalten hatte. Josie wurde auf der Ranch vermisst, und der alte Tyrone tobte.

„Sie ist ausgebüxt", hatte der alte Alpha knurrend ins Telefon geraunt. „Verfolg sie. Spür sie auf. Bring sie zurück."

Lance wunderte sich über die Eindringlichkeit des Alphas. Audrey hatte sich mal mit einem Trucker auf der Durchreise eingelassen und war drei Wochen lang verschwunden gewesen, ohne dass jemand mit der Wimper gezuckt hatte. Warum solcher Aufruhr, obwohl Josie erst seit wenigen Stunden weg war?

Das war die große Frage. Warum gebührte ihr diese besondere Aufmerksamkeit? War sie vielleicht die Tochter eines anderen Alphas? Sie schien dem Typ nicht zu entsprechen. Zu flatterhaft. Zu defensiv. Zu bescheiden.

Lance verstand es einfach nicht. Aber er hatte alles stehen und liegen gelassen, um sie aufzuspüren – was sich als einfach herausgestellt hatte. Sie hatte sich in seiner Umgebung aufgehalten, und nachdem er sich auf ihren Geruch eingestimmt hatte, konnte er ihn gar nicht mehr verfehlen. Lance hatte ihn schon von Weitem aufgeschnappt. Es lag etwas Erhabenes darin, etwas von Alter Welt. Dann war es nur noch darum gegangen, hinter ihr her zu rasen. Das war einer der Vorteile seiner Harley – das einzig Nützliche, das ihm sein Vater hinterlassen hatte, auch wenn die Maschine damals ein halbes Wrack gewesen war.

Ein verrückter Zufall war, dass er nicht nur Josie aufgespürt hatte, sondern auch einen weiteren Eindringling. Diesen Idioten namens Jed.

„Zukünftiger Alpha, hm?", fragte Lance unbeeindruckt.

Jed streckte die Brust noch ein Stück weiter vor. „Ganz recht."

Wäre Lance allein mit dem Eindringling gewesen, er hätte sich sofort in einen Kampf gestürzt. Jed mochte nicht allzu helle sein, aber offensichtlich verstand er etwas vom Kämpfen. Groß, jung und eingebildet war eine auf ihre eigene Weise gefährliche Kombination. Und Jed strahlte das forsche Selbstvertrauen eines Jungspunds aus, dem noch niemand die Grenzen aufgezeigt hatte.

Genau das hätte Lance nur zu gern getan, auch wenn es der Kampf seines Lebens oder sogar sein Tod geworden wäre. Aber Josie stand direkt neben ihm, und die Vorsicht hielt ihn davon ab, sich in blutrünstige Gewalt zu stürzen. Vorerst hielt er es für besser, kühlen Kopf zu bewahren und auf eine diplomatische Lösung zu setzen.

Umbringen könnte er den Penner später immer noch.

So, wie dieser Arsch Josie bedrängte, fand Lance die Aussicht darauf verlockend. Der Mann führte sich auf, als wäre sie sein Besitz. Als würde sie ihm gehören.

Lance' Wolf knurrte. *Sie gehört mir!*

Er legte einen ruhigen Ton über das tiefe Grollen aus seiner Brust. „Tja, zukünftiger Alpha des North Ridge Rudels, du befindest dich unbefugt auf dem Gebiet des Twin Moon Rudels."

Jed warf den Kopf zurück und lachte. „Das hier ist kein Rudelgebiet."

Lance zog eine Augenbraue hoch. „Bist du dir da sicher?"

Jeds kühler Blick verlor seine Schärfe. Eindeutig nicht die hellste Glühbirne im Leuchter. Sie befanden sich sehr wohl auf dem Gebiet der Ranch, allerdings am äußersten Rand. Niemand weit und breit außer Lance würde sich an Jeds Gegenwart stören. Nur hatte er nicht vor, Jed darauf aufmerksam zu machen.

„Natürlich können wir hier und jetzt kämpfen, um die Sache zu schlichten", fuhr Lance fort.

Jed trat näher. „Können wir. Und ich wische mit deinem jämmerlichen Arsch den Staub auf."

Versuch's doch, stieß Lance' Wolf knurrend hervor.

„Verstehe", gab Lance ruhig zurück. „Sagen wir, du tust es. Dann hast du das gesamte Rudel am Hals, und die Lady hier wird alles andere als beeindruckt sein."

Jeds Blick wanderte zu Josie, und einen Moment lang sah Lance darin so etwas wie Zuneigung. Die Frage war, ob die Zuneigung der Frau selbst galt oder der übermütigen Zukunftsvision eines Verrückten. So oder so, Lance wollte, dass diese Augen ihren Blick von Josie lösten und stattdessen auf ihn richteten.

Wenn du sie anfasst, bringe ich dich um. Lance feuerte die Worte direkt aus seinem Kopf in den von Jed.

Der Arsch sollte haargenau wissen, mit wem er es zu tun hatte. Er sollte gefälligst ein wenig Respekt zeigen. Darauf lief es immer hinaus. Respekt.

Dass er ihn bekam, wusste er, als Jeds Kinn in seine Richtung schwenkte und Überraschung in die Augen des Mannes trat. Volltreffer. Damit hatte er ihn endgültig aus dem Gleichgewicht gebracht, denn nur wenige Gestaltwandler konnten in den Geist eines völlig Fremden eindringen.

Vielleicht sollten wir den Trick mal bei Tyrone ausprobieren, schlug sein innerer Kojote mit einem leisen Lachen vor.

Lance ignorierte ihn. Es war an der Zeit, Josie an einen sicheren Ort zu bringen. Ohne Jed aus den Augen zu lassen, neigte Lance den Kopf gerade weit genug, um Josie die Botschaft zu übermitteln. *Steig aufs Motorrad.* In der Zwischenzeit rotierten Berechnungen durch seinen Verstand. Er könnte sie innerhalb weniger Stunden zurück auf der Ranch haben, gleich wieder aufbrechen und Jed nachjagen.

Lance hievte ein Bein über das Bike und bedeutete Josie, hinten aufzusteigen. Diese verrückte Frau legte noch einen Umweg ein, um erst ihren Köcher mit Pfeilen aus dem Auto zu holen, was Lance mächtig irritierte. Aber kaum hatte sie hinter ihm Platz genommen, wärmte eine Flut von Empfindungen sein Innerstes. Ihre eng an seine Hüften geschmiegten Schenkel. Ihr Atem, der sein Ohr kitzelte. Die weichen Erhebungen ihrer Brüste, die gegen seinen Rücken drückten. Und vor allem dieser Duft, als trüge sie eine ganze Jahreszeit auf den Schultern.

Ein entfernter Donnerschlag riss ihn aus seiner Trance. Der Sturm war mittlerweile nah. Sehr nah. Lance startete den Motor mit einem kräftigen Tritt und brauste los. Ursprünglich wollte er zurück zum Highway, aber die Hügel wären ein besserer Ort, um Schutz zu suchen. Und er wusste auch schon haargenau, wo.

Sein Wolf brummte, als er es erahnte. *In der gemütlichen kleinen Hütte, die versteckt hinter der Scarecrow Mesa liegt?*

Ja. Das wäre genau der richtige Ort.

Kapitel 10

Sie erreichten die Hütte kurz nach Sonnenuntergang und nur Sekunden, bevor der Regen einsetzte. Josie rannte schnurstracks hinein und hielt die Tür für Lance auf. Er schob seine Harley unter die Überdachung der Veranda, dann eilte er neben sie, und zusammen beobachteten sie, wie der Sturm losbrach.

So etwas hatte Josie noch nie erlebt, weder in Nevada noch in Colorado. Die Front der Wolkenbank strudelte und wallte, während sich dunkle, dünne Ranken wie Späher vorausschlängelten. Der Sturm wirkte bedrohlich. Kraftvoll. Und auch erregend.

Allerdings galt Josies Aufmerksamkeit nur teilweise dem Unwetter. Der Rest gehörte Lance, der Schulter an Schulter mit ihr stand, während der Donner grollte. Seine Brust hob und senkte sich, als wollte er auch gegen diesen Eindringling kämpfen.

Sie atmete seinen Geruch ein, als hätte sie es nicht schon die letzte Stunde lang getan, nur Zentimeter von seinem Nacken entfernt, während das Motorrad zwischen ihren Knien vibriert hatte. Zuerst hatte sie Lance' Duft inhaliert, um ihre Ängste zu besänftigen, weil Jed nach all der Zeit zurückgekehrt war. Ein Verrückter mit einem Plan – in den er Josie einbauen wollte. Sie war so vertieft in Gedanken an die bevorstehende Jagd gewesen, dass sich Jed praktisch an sie anschleichen konnte. Ihr schlimmster Albtraum wurde wahr.

Also hatte sie sich fest zwischen Lance' breite Schulterblätter geschmiegt und den satten Duft seiner Lederjacke eingeatmet. Dabei hatte sie sich auf das leichte gekräuselte, sattelbraune Haar hinter seinen Ohren und auf seinen gleichmäßigen Herzschlag konzentriert. Nach und nach hatte sich die Angst gelegt und wurde durch die Wärme seines Körpers und das Vibrieren des Motors von einem anderen Gefühl abgelöst.

Verlangen.

Wenigstens hatte ihre Nase den Anstand gehabt, einen winzigen Abstand zu halten. Denn wie ihre Arme und Beine den Vorwand ausgenutzt hatten, sich an ihm festzuhalten, war geradezu skandalös. Seine Wärme zog sie an, lud ihre Hände ein, sich in seine Jackentaschen zu schieben und alles darunter zu ertasten. Zum Beispiel die strammen Muskelstränge, die sich diagonal über seine Rippen spannten. Oder die harte Buckelpiste seiner Bauchmuskeln. Oder den Bund seiner Jeans...

Ein Donnerschlag erschütterte die Luft, und Josie kämpfte gegen den Drang an, zusammenzuzucken.

„Nach dir." Lance deutete mit dem Kopf zum Eingang der Hütte.

„Nach dir." Sie ahmte seine Bewegung nach und bemühte sich, gefasst zu bleiben.

Lance zog eine Augenbraue hoch, und sie hielt den Atem an. Es war so weit. Entweder würde der Alpha in ihm sein wahres Gesicht zeigen, oder er würde sich als fähig erweisen, zu geben und zu nehmen.

Die Luft um sie herum knisterte, als der nächste Blitzschlag seine Energie sammelte. Josie konnte fühlen, wie sich die Kraft aufbaute... aufbaute... und nur darauf wartete, sich zu entladen.

Nach einer gefühlt endlosen Pattsituation zuckte schließlich einer von Lance' Mundwinkeln, und er ging hinein.

Josie atmete lang und zittrig aus, dann folgte sie ihm. Ein heftiger Blitz zuckte über den Himmel und jagte sie mit dem darauffolgenden Donnerschlag über die Schwelle direkt an Lance' Brust.

Er sah sie an. Vermutlich fragte er sich, was sie wohl als Nächstes von ihm verlangen würde. Es gab Grenzen dafür, wie weit man einen Alphawolf treiben konnte. Also trat sie einen Schritt zurück, deutete mit dem Kopf zu den Dachsparren und tat so, als hätte sie das riesige Bett nicht bemerkt, das den Großteil des ordentlichen Raums einnahm.

„Nett hier."

Er ließ ein kleines, verhaltenes Lächeln aufblitzen – das erste, das sie je bei ihrem dunklen Ritter sah. Hätte sich Josie nicht dafür gestählt, um jeden Preis standhaft zu bleiben, jenes Lächeln hätte verheerend sein können. Es umfasste eine Krümmung dieser perfekten Lippen, leichte Fältchen um die Augenwinkel und ein kurzes Aufblitzen weißer Zähne. Ein Teil ihres Herzens schmolz auf Anhieb dahin und fragte sich, wie dieser Mann mit etwas mehr Freude im Leben aussehen würde.

Josie zwang sich, einen Kloß im Hals hinunterzuschlucken. Wie würde es sich anfühlen, diejenige zu sein, die ihm half, Freude zu finden – nicht nur in winzigen Dosen in stürmischen Nächten, sondern auch am helllichten Tag?

„Das Rudel unterhält ein paar verstreute Hütten. Nur für alle Fälle." Lance deutete mit ausladender Geste auf den gemütlichen Raum.

Josie lehnte ihren Bogen in eine Ecke und achtete darauf, den Köcher genau im richtigen Winkel abzustellen, um schnell darauf zugreifen zu können.

Nur für alle Fälle, meinte der sturste Teil ihrer selbst. Derselbe Teil, der meinte, dass man Männern nicht trauen durfte. Ein Paradebeispiel dafür hatte sie vor nicht mal einer Stunde mit Jed erlebt. Also verflixt: Warum ließ sie die Deckung bei Lance so sinken?

Drei aufeinanderfolgende Blitze erhellten das einzige Zimmer der Hütte. Kurz darauf ertönte ein mächtiger Donnerschlag. Das Unwetter befand sich inzwischen direkt über ihnen und pulsierte vor Kraft.

„Woher hast du gewusst, wo ich bin?", fragte sie.

Lance zuckte mit den Schultern, als wäre es ein Kinderspiel gewesen, sie in einem Gebiet von mehreren Hundert Quadratmeilen zu finden. „Ich bin Fährtensucher. Ich spüre alles Mögliche auf."

Alles, was auf zwei Beinen läuft, erinnerte sich Josie an Tante Millys Worte.

„Moment. Warum warst du überhaupt hinter mir her?"

Kaum hatte sie es ausgesprochen, wollte sie den Satz so umformulieren, dass er *hinter mir her* nicht zu wörtlich nehmen würde. Aber Lance setzte bereits ein verschmitztes Grinsen auf.

Sie verbarg ein Lächeln. Vielleicht sollte sie ihn öfters von der Ranch holen. Hier wirkte er freier, ungezwungener.

Sie beugte sich näher, wollte mehr von diesem Blick. Was sie entdeckte, ließ sie erstarren. Tief in seinen Augen lauerte ein Wolf, und das Grünbraun seiner Regenbogenhäute vermittelte Entschlossenheit.

Ich würde für dich durch tausend feurige Höllen gehen, schwor der Wolf in ihm.

Der Blick setzte sich eine gefühlte Ewigkeit fort, und Josie fragte sich allmählich, ob sie je daraus ausbrechen könnte. Und ob sie es überhaupt wollte. Alles an Lance wirkte ehrlich, aufrichtig, stark – ein Versprechen, das sich um sie legte wie eine hohe, schützende Mauer. Aber als der Donner erneut dröhnte, blinzelte Lance und schaute weg. Er murmelte etwas und zog ein Handy aus der Tasche.

Er wählte, hielt sich das Gerät ans Ohr und musterte Josie. „Was hast du dir dabei gedacht, allein da rauszufahren?"

Sie öffnete den Mund, überlegte kurz und schloss ihn wieder. Wie viel sollte sie ihm erzählen? Wie sehr sollte sie ihm vertrauen?

Er ließ das Telefon sinken und betrachtete das Display. „Verdammt." Mit zusammengekniffenen Augen sah er Josie an, als hätte sie das Gerät verhext oder so. „Kein Empfang." Sein Blick bohrte sich tiefer in sie. „Warum bist du von der Ranch geflüchtet?"

„Kann eine Frau nicht mal ein, zwei Tage jagen gehen, ohne dass man ihr gleich vorwirft, sie würde flüchten?"

„Jagen?" So, wie seine Augen leuchteten, gefiel seinem Wolf der Klang des Worts, davon war Josie überzeugt.

Eine Sekunde verstrich, dann eine weitere.

„Du solltest nicht allein da draußen sein." Er trat so nah zu ihr, dass sie den Kopf in den Nacken legen musste, um ihm in die Augen zu sehen. Seine Wärme umfing sie, lockte sie noch näher zu ihm.

Ich bin nicht allein. Nicht mehr, wollte sie sagen.

„Du klingst wie jemand, den ich kenne", sagte sie, um ihn auf die Probe zu stellen.

Lance bedachte sie mit einem düsteren Blick, der besagte, dass ihre Äußerung ihn tief getroffen hatte. „Ich werde nie wie er sein."

Jeder Satz, den der Mann von sich gab, klang wie ein Schwur: Er würde nie wie Tyrone sein, der überhebliche Alpha, oder wie Jed, der sich nahm, ohne zu fragen, oder wie irgendein anderer Alpha, den Josie je gekannt hatte. Er war Lance, nicht mehr und nicht weniger.

„Ich weiß", flüsterte sie und ließ den Kopf so tief sinken, dass er ihre Brust berührte. Aber er hatte sich bereits von ihr abgewandt und starrte durchs Fensters auf die Leere draußen.

Die innere Leere, flüsterte etwas in den Tiefen ihres Geists. Das sah er gerade.

Ihre Wölfin fluchte. *Warum stößt du ihn ständig weg?*

Weil ein Mann mir die Freiheit rauben kann, krächzte eine Stimme aus ihren narbigen Erinnerungen.

Dieser Mann kann uns die Freiheit schenken, konterte die Wölfin knurrend. *Und wir können ihm seine geben.*

In dem Moment fühlte es sich an, als wären sie beide draußen und würden vom Sturm durchgeschüttelt. Die Hütte stand im Auge eines jener elektrisierenden Wüstenstürme, die mit geballter Kraft am Himmel wüteten, ohne sich in Regen zu entladen. Die Wolken wirbelten, türmten sich auf und pulsierten, schürten Josies Emotionen.

Vertrauen. Das war das Problem. War sie dazu in der Lage, und sei es nur für eine Nacht? Lance war ihr gefolgt. Nicht, um sie gegen ihren Willen mitzunehmen, wie Jed es wollte, sondern um sie zu beschützen. Wo blieb dabei die böse Absicht?

Ein Blitz erhellte sein niedergeschlagenes Gesicht. Ein explosiver Donnerschlag ertönte über ihnen, doch Lance zuckte mit keiner Wimper, nicht mal, als die Wände erzitterten.

Irgendein Funke eines Blitzes musste auf Josie übergesprungen sein, denn ihre Lippen kribbelten so wie damals, als Lance sie geküsst hatte. Das Gefühl raste ihre Synapsen entlang und entzündete etwas in ihrer Seele.

Vielleicht musste es nicht das eine oder das andere sein – Freiheit oder ein Mann. Vielleicht könnte sie sich ausnahmsweise die Freiheit gönnen, sich einen Mann zu nehmen – einen richtigen Mann. Einen Alpha wie Lance, der ihr alles versprach und nichts verlangte.

Ihre Wölfin stimmte ein langes, lustvolles *Grrrr* an.

Morgen, so argumentierte sie, würde sie viel Zeit zum Alleinsein haben. Sie hatte ihr gesamtes Leben allein verbracht. Warum also sollte sie sich nicht diese eine Nacht gewähren, weit außerhalb der Reichweite des Rudels?

Ein kurzer Schritt, und sie befand sich an seiner Seite, legte die Hand an seine Taille. Harte, definierte Muskelschichten umgaben seinen Rumpf wie sich überlappende Platten einer Rüstung. Josie wollte seine Arme so um sich spüren, wie sie die ihren auf dem Motorrad um ihn gelegt hatte.

Vertrauen. Sie hüllte sich darin ein wie in eine Decke und erstreckte einen Teil auf ihn. Nach einem schnellen Atemzug richtete sie sich auf die Zehenspitzen auf und berührte mit den Fingern seine Stirn. Nein, mit den Lippen. Denn sie wollte mehr als einen verstohlenen Kuss. Sie wollte mehr von diesem Mann.

Alles, wenn auch nur für eine Nacht.

Kapitel 11

Lance hatte es aufgegeben, die Herzschläge zwischen den Donnerschlägen und Blitzen zu zählen. Mittlerweile überlagerten sie sich und tobten direkt über ihnen.

Wenn nur sein Gehirn seinen Körper auf dieselbe Weise einholen könnte. Denn je mehr sich Josie an ihn schmiegte, desto härter wurde er. Seine Schultern zogen sich zurück, sein Magen krampfte sich zusammen, sein bestes Stück presste gegen die Enge seiner Jeans. Er glich einem Fels, sie hingegen dem Bach, der sanft und beruhigend über ihn floss. So sanft und beruhigend, dass er am liebsten hineingetaucht wäre.

Tief hinein, fügte der Kojote in ihm lustvoll knurrend hinzu.

Während sich sein Körper in wilden Fantasien erging und nach der Frau an seiner Seite schrie, irrte sein Gehirn in einem Nebel umher. Er saß darin fest, wusste nicht wohin, konnte sich nicht rühren.

Tabu, warnte sein Verstand. *Sie ist streng tabu.*

Was sein Herz nicht davon abhielt, schneller zu schlagen, als Josie näher zu ihm rückte.

Der Donner brachte die Fensterscheiben zum Rattern, doch das Kitzeln ihres Atems an seinem Ohr erzielte eine größere Wirkung auf Lance. Er bemühte sich, gleichmäßig zu atmen, sich nicht zu verraten. Warum nur fühlte er sich so außer Kontrolle?

Weil sie so nah ist. Sein Kojote grinste.

So nah, dass jede Niete seiner mentalen Rüstung unter dem Druck ächzte und nachzugeben drohte.

Nimm sie! Nimm sie sofort! verlangte sein Wolf heulend.

In dem Moment fand Lance es leicht, an die alten Märchen zu glauben. Die Märchen darüber, dass es vom Schicksal vorherbestimmte Gefährten gab. Auch wenn das Schicksal im letzten Jahrhundert herzlich wenig Zeit auf der Twin Moon Ranch verbracht oder auch nur in Lance' Richtung gespuckt hatte. Aber vielleicht war die Durststrecke vorbei. Vielleicht konnte sogar ein Typ wie er – ein Köter, das Ergebnis einer seichten Vereinigung – solches Glück haben.

Blitze zuckten und erhellten die harten Wahrheiten, die sich in der kargen Wüstenlandschaft verbargen. Lance konnte sie dort draußen lauern sehen. Wahrheiten wie die Tatsache, dass ein allein geführtes Leben leer war. Oder die Wahrheit, dass gut genug nicht reichte, jedenfalls nicht für seine rastlose Seele.

Oder die Wahrheit, dass der Weg in seine Zukunft nicht draußen im Ödland lag, sondern sich an seiner Seite befand. Seine Zukunft war sie. Josie.

Doch so sehr die Blitze eine Geschichte erzählten, so sehr erzählte der Donner eine andere. Jedes Grollen glich dem Aufstampfen eines eindringlich warnenden Fußes.

Pflicht! Pflicht!

Jedes Mitglied des Rudels hatte eine Pflicht, und Lance kannte die seine. Er sollte Josie zurück zur Ranch bringen, sollte sie beschützen und sich nicht von verrückten Ideen hinreißen lassen.

„Lance", flüsterte sie und fuhr mit der Hand über seine Schulter.

Allerdings schien sie wild entschlossen zu sein, diese verrückten Ideen zu fördern. Das schwang in ihrem Flüstern mit und im warmen Streicheln ihrer Hand über seine Brust. Zuvor hatte er gespürt, wie sie mit Unentschlossenheit gerungen hatte. Mittlerweile jedoch schien sie sich entschieden zu haben. Hatte sich zu Josie nicht durchgesprochen, dass er den Kerl von der falschen Seite der Ranch verkörperte?

Anscheinend nicht, steuerte sein Kojote mit einem leisen Lachen bei, als sich Josie näher an ihn schmiegte. Was sich unfassbar gut anfühlte. Genauso gut, wie sich diese herrliche Motorradfahrt mit ihr angefühlt hatte. Dabei hatte er Freiheit, einen Sinn und Zweisamkeit gekostet, alles auf zwei Rädern.

Diese fünfundvierzig Minuten, in denen sich Josie an ihm festgeklammert hatte wie das Innenfutter seiner Jacke, stellten vielleicht den Höhepunkt seines Lebens dar.

Das hältst du schon für einen Höhepunkt? höhnte der Kojote. *Wie nennst du dann das?*

Bevor es ihm bewusstwurde, hatte er die Hand auf ihre Taille gelegt. Und tatsächlich, ihr Körper erbebte unter seiner Berührung mit einer Lust, die sich auf ihn übertrug.

Das ist der Weg zu einem Höhepunkt, stimmte sein Wolf zu.

Ihre Hand legte sich über sein Herz, während ihre Lippen an seiner Kieferpartie entlangstrichen und ihre Zunge verspielt an ihm leckte. Sie hatte ihren inneren Kampf ausgetragen und gewonnen. Konnte er das nicht?

Je härter seine Mannespracht wurde, desto mehr faule Ausreden fielen seinem Wolf ein, warum es in Ordnung wäre.

Tyler hat nur gesagt, wir sollen die anderen Jungs davon abhalten, sich an sie ranzumachen, richtig?

Logik war nie die Stärke des Tiers gewesen. Hatte es etwa vergessen, dass Tylers Vater, der Alpha des Rudels, Lance ausdrücklich gewarnt hatte, sich von Josie fernzuhalten?

Aber der Kojote erwies sich als geradezu hypnotisierend überzeugend.

Wir machen uns nicht an sie ran, säuselte das Tier in seidigem, selbstsicherem Ton. *Das ist Schicksal. Dagegen kommt nicht mal der alte Mann an.*

Und verdammt, es fühlte sich eindeutig so an. Jede Zelle seines Körpers schien Josie entgegenzustreben. Und er verspürte genauso sehr den Drang, sie für immer festzuhalten, wie den, sich in ihrem Körper zu vergraben.

Sie will uns auch!

Das musste Lance dem Wolf zugestehen. Die Frau, die alle Männer abblitzen ließ, schmolz rasant dahin – für ihn! Ihre grauen Augen wirkten glasig vor Verlangen. So zurückhaltend sie sich anfangs gegeben hatte, sie musste zu dem Schluss gekommen sein, dass er es wert wäre, sich gehen zu lassen.

Sein Herz stotterte kurz, dann hämmerte es weiter.

Sie zog an seinem Kinn, drehte sich sein Gesicht zu. „Ich erkläre die Jagdsaison auf Fährtensucher für eröffnet. Nur so als Warnung.“

Lance wollte darüber und über etliche andere bezaubernde Dinge an ihr lächeln, aber seine Muskeln waren zu steif.

„Ich kann dich nicht küssen“, hörte er sich sagen, obwohl er sich dabei vorbeugte. Konnte nicht schaden, die Regel, die er gleich brechen würde, zu Protokoll zu geben, oder? Vielleicht würde das die Schuldgefühle lindern, falls sie sich je einstellen sollten.

„Und ich kann dich nicht *nicht* küssen“, schoss sie zurück.

Ein Blitz offenbarte die Landschaft draußen, die sich völlig vom vertrauten Anblick seines Zuhauses unterschied. Und ihn daran erinnerte, wie weit die Ranch und ihre Regeln entfernt lagen.

Lance atmete tief durch. Wie lange war es her, seit er zuletzt ein Risiko eingegangen war? Wie lange war es her, dass er etwas genug gewollt hatte, um es zu wagen?

Zu lange, rief der Kojote heulend.

Also wag es jetzt. Geh das Risiko ein. Küss sie, drängte sein Wolf ihn.

Josie überbrückte den Abstand zwischen ihnen und senkte die Lippen auf seine. Langsam legte Lance die Arme um sie und verdrängte alles andere.

Er hatte sich mit aller Kraft gegen die Verlockung gestemmt, denn diese Frau galt als tabu. Das hatten die elfenbeinfarbenen Fänge, die der alte Alpha beim Unterbrechen ihres ersten Kusses aufblitzen ließ, deutlich zum Ausdruck gebracht. Lance trug die Verantwortung für ihr Wohlergehen. Er durfte das Quäntchen Vertrauen, das der alte Alpha ihm zugestand, nicht enttäuschen. Um ihretwillen und um seiner selbst willen.

Aber ausnahmsweise wollte er sich nicht damit begnügen, den braven Beta zu spielen. Er wollte direkt an die Spitze springen, wo er hingehörte. Wollte das Schicksal in die Hand nehmen, statt darauf zu warten, dass es zu ihm kam.

Man konnte auch ein Leben lang warten, und Lance hatte genug davon.

Letztlich verschloss er die Augen vor der Pflicht und öffnete die Lippen unter ihren.

So leidenschaftlich, wie sich sein Wolf nach Josie verzehrte, hätte der Kuss eigentlich eine Explosion von Klängen und Farben und Lust werden müssen. Stattdessen fiel er sanft, sinnlich und zurückhaltend aus. Und lang, als entspräche jede Sekunde davon einer Lebenszeit. Vertrauensvoll, mit einer Tiefe, die über das Körperliche hinausging. Ein Kuss, wie Lance ihn bisher nur einmal im Leben genossen hatte – mit Josie, damals auf der Ranch.

Blitz und Donner zogen sich zurück, bis Lance nur noch das heimelige Knistern eines Kamins hörte und sich eine behagliche Vision einstellte: eine Schüssel Popcorn, zwei Paar Füße dicht beisammen und ein sorgloses Liebespaar, eng umschlungen auf einem dicken Teppich.

All das lag in jenem einen Kuss. Entweder war es Schicksal, oder er verlor gerade den Verstand.

Woran es auch liegen mochte, er hatte keine andere Wahl, als sich auf die Fahrt einzulassen. Ohne Sicherheitsgurt, ohne Helm, ohne Regeln.

Ohne Grenzen, fügte etwas in ihm hinzu. *Keine Grenzen heute Nacht.*

Josies sanfte Berührung entführte ihn von jenem Kamin zu einem sonnigen Berggipfel mit meilenweiter Aussicht über eine in die Farben des Frühlings getünchte Landschaft. Hoffnung erblühte ringsum. In seiner Vorstellung verweilten sie beide dort noch eine Weile. Dann schlenderten sie zu einer Senke, die der flauschige, von Schwarz-Pappeln heruntergewehte Flaum so dicht ausfüllte, dass er Lance bis zu den Fußgelenken reichte. Josie zog ihn weiter zu seiner kleinen Hütte draußen an der Mesa der Ranch und schließlich zu dem Bett darin.

Dann landeten seine Hände zu beiden Seiten ihres Körpers auf einer Matratze. Und plötzlich wurde er zurückversetzt in diese abgelegene Hütte in den Hügeln, weit, weit weg von den wachsamen Augen auf der Ranch. Es war echt. Sie war echt. Und ihr Verlangen war genauso groß wie seines.

„Lance", flüsterte sie und zog ihn näher zu sich.

Er senkte sich auf sie und stützte das Gewicht einen Zentimeter über ihrem Körper ab, als könnte er dieses herrliche Erlebnis zerquetschen, wenn er zu schnell vorginge. Ausnahmsweise wollte sich Lance nicht in einer Frau verlieren. Er wollte sich bei ihr finden.

Josies Hände wanderten sein Shirt hinauf, und ihre Finger tänzelten verspielt so über seine Wirbelsäule, wie er es sich vorgestellt hatte: erst der schwielige Zeigefinger, dann der Mittelfinger, glatt und lang. Als Nächstes folgte der weichere Ringfinger, und den Abschluss bildete der kleine Finger, zart wie ein feiner Pinselstrich.

Lance brummte und wollte sie bitten, es zu wiederholen, doch es drang unverständlich aus ihm heraus.

„Nicht gut?" Sie zog die Augenbrauen hoch.

„Sehr gut." Er zog ihre Hand zurück auf seinen Rücken.

Josie setzte ein Lächeln auf, das ihr gesamtes Gesicht einnahm. Dann ertastete sie den Saum seines Shirts und zog es ihm über den Kopf. Einen Atemzug später wand sie sich unter ihm, um sich des eigenen Oberteils und des BHs zu entledigen. Schließlich legte sie sich wieder zurück.

Lance hielt den Atem an, und der Kojote in ihm seufzte. *Sehr gut.*

Sein Blick wanderte genüsslich über ihren Oberkörper, ein Meisterwerk gemischter Kunstformen. Die kubistisch anmutenden Erhebungen ihrer Bauchmuskeln gingen sanft in die weichen, impressionistischen Kurven ihrer Brüste über und setzten sich gemächlich den Hals hinauf zu den fein geschnittenen Gesichtszügen fort.

Du bist dran, besagte ihr grinsender Blick.

Lance spürte, wie sich der Wolf in ihm aufbäumte und sowohl den Mann als auch den Kojoten zur Seite drängte. Die hungrigen Augen des Tiers hefteten sich auf seine Beute und erklärten alles für möglich. Er war so was von an der Reihe. Und falls es bei diesem Spiel irgendwelche Regeln gab, würde er sie gleich in den Wind schießen.

Kapitel 12

Bei all dem Knistern in der Luft rechnete Josie mit einem atemlosen Gerangel, einem überstürzten Streben nach Erfüllung, einem regelrechten Dammbruch. Aber auch, nachdem sich ihre Lippen begegnet waren, ließ sich Lance lange Zeit damit, zu kuscheln und seine Ansprüche abzustecken. Wie er sie berührte, ließ erahnen, dass Sex für ihn weit unten auf einer sehr langen Liste stand, in der Verwöhnen und Erkunden vor allem anderen kamen.

Letztlich war es Josie selbst, die einen Gang höher schaltete. Sie war es, die ihn zum Bett führte, bis er keine andere Wahl hatte, als über ihr in Position zu gehen. Selbst da blieben seine Küsse noch gemächlich und sinnlich wie ein Tanz in einer langen Winternacht. Er schien es nicht eilig damit zu haben, sie aus der Kleidung zu schälen und an die nackte Haut darunter zu gelangen.

Sehr untypisch für einen Wolf, fand Josie. Und sehr, sehr gut.

M-m, konterte ihre Wölfin. *Dieser Mann ist durch und durch ein Wolf. Wart's nur ab.*

Josie zog erst ihm das Oberteil aus, dann ihr eigenes, konnte es kaum erwarten, Haut auf Haut zu spüren. An der Stelle blitzte das Tier in seinen Augen auf und ließ ihr den Atem stocken. Sie sah darin einen ungeduldigen Wolf, vermischt mit einem gewieften Kojoten, der berechnete, wie lange er diese Nacht ausdehnen könnte.

Lance senkte den Kopf auf ihren Nippel, stülpte den Mund darüber und saugte daran – sanft trotz der pulsierenden, animalischen Begierde in ihm. Ihr Nippel richtete sich auf, und sie ahnte bereits, was für ein befriedigtes Wrack sie sein würde, bevor die Nacht vorüber wäre. Sie wimmerte jetzt schon und schrie unter den Zuwendungen seiner Zunge und Finger lustvoll auf.

Völlig seiner Gnade ausgeliefert wölbte Josie den Rücken durch, und ihre Wölfin heulte vor Freude. Die Ironie entging ihr nicht: Die Frau, die sich sonst weigerte, einem Mann auch nur den kleinen Finger zu reichen, strecke Lance plötzlich beide Hände entgegen. Aber hey, wenn sie schon ins kalte Wasser springen würde, dann mit Stil. Lance ähnelte keinem anderen Mann, dem sie je begegnet war. Ein Alpha, aber mit dem Herz am rechten Fleck. Verwundet, trotzdem freigiebig. Leidenschaftlich, zugleich kontrolliert.

Mein, kam knurrend von ihrer Wölfin. *Ganz mein.*

Die Muskeln seiner Schultern und Arme wirkten kantig, als hätte ein Bildhauer seine Statue überhastet fertiggestellt oder es schlichtweg aufgegeben, so harten Stein bearbeiten zu wollen. Josie strich mit einer Hand über die gewellte Hügellandschaft seines Bauchs und tauchte unter die aufgeknöpfte Jeans. Als ihre Finger seine Härte ertasteten und sich langsam darüber schlossen, konnte sie sich ein kleines Kichern nicht verkneifen.

„Hab dich.“

„Das war mein Satz“, murmelte er.

„Jetzt ist es meiner.“

Ganz mein, säuselte ihre Wölfin, während sie ihn langsam massierte.

Er hob den Kopf, sah ihr in die Augen, und da war es wieder, dieses verstohlene, jungenhafte Lächeln. Als Josie die freie Hand hob und auf seine Wange legte, lehnte er sich in ihre Berührung und brummte, während sie seine Länge vom Ansatz bis zur Spitze erforschte.

„Versprich mir, dass du nicht alle Frauen auf der Ranch mit deinem Bike hierherbringst.“

„Tu ich nicht. Nie.“ Seine Stimme klang rau, und er schüttelte den Kopf. „Niemals.“

Mit einem Donnerschlag beschleunigten sich die Dinge, denn beide wollten sich gegenseitig die letzten Schichten vom Körper reißen, die sie voneinander trennten. Aber auch, als

Josies Kleidung über den Boden verstreut lag und ihre Hände das Kopfteil umklammerten, während sie die Knie weit spreizte, blieb Lance zärtlich und bedächtig. Wie ein Mann in einem Museum. Er bekam es genau richtig hin.

Lance bearbeitete sie mit trägen Kreisen, bis sie sehnsüchtig nach mehr verlangte. Dann verlagerte er das Gewicht, und sie war überzeugt zu wissen, was als Nächstes kommen würde. Er würde den Körper an ihrem ausrichten. Seine Hüften würden sich über ihre senken, und er würde letztlich in sie gleiten. Dann würden sie sich im Takt miteinander wiegen und dabei ihre Lust in die Nacht heulen.

Aber was Lance stattdessen als Nächstes tat, hatte noch nie ein Mann mit ihr gemacht. Er setzte sich auf die Fersen zurück, bevor er mit einer flinken Bewegung ihre Hüften anhob und sich ihre Knie über die Schultern hievte. Josie konnte sich nicht erklären, warum es sich so richtig anfühlte, sich zurückzulegen und ihn gewähren zu lassen. Aber irgendetwas in ihr verlangte nach diesem Gefühl, gründlich und vollständig beansprucht zu werden.

Beansprucht? ertönte gedämpft aus ihrem Inneren eine warnende Stimme.

Allerdings wurde die flüchtig aufkeimende Besorgnis prompt von der lodernden Hitze der Leidenschaft verbrannt. In dieser Nacht würde sie sich nichts verwehren. Es drehte sich alles um Vertrauen. Seines hing vor ihr wie ein zerbrechlicher Faden, der darum bettelte, gestärkt zu werden. Was blieb ihr schon für eine andere Wahl, als ihn mit dem eigenen Vertrauen zu ergänzen?

Als Lance innehielt, drohte der Druck, der sich in ihr aufbaute, sie explodieren zu lassen. Er legte den Kopf in den Nacken und atmete tief durch wie ein Erschöpfter, der kurz davorsteht, einen hart erkämpften Preis einzufordern.

Dann senke sich sein Kinn mit einer Bewegung, die besagte, *Mach dich bereit für mich, meine Gefährtin.* Schließlich hob er sie seinem Mund entgegen wie eine Mahlzeit, die zu gut war, um sie auf dem Teller zu lassen.

Josies Augen rollten nach oben, als er sich an ihr gütlich tat. Seine Zuwendungen trieben sie tiefer und tiefer in einen Taumel schierer Euphorie. Der Mann bearbeitete sie so gründlich, so beflissen, dass sie sich nur genüsslich den erlesenen Bewegungen seiner Zunge hingeben konnte. Ihr Kopf fiel schlaff auf die Matratze – das Kissen war längst verschwunden, ein Opfer ihrer Bewegungen. Sie lauschte dem eigenen Stöhnen, das die Kabine erfüllte, als sie sich auflöste. Höher und höher schraubte er sie, bis sich jeder Muskel in ihr bebend anspannte.

Lance hielt sie fest, als sie kam, zitternd und innerlich heulend in lichte Höhen aufstieg, bevor sie langsam zur Erde zurücksank.

Himmlisch, säuselte ihre Wölfin seufzend.

Josie wollte etwas sagen, doch ihre Beine schlangen sich bereits um seine Taille und führten ihn zu ihrer Mitte. Der Orgasmus ihres Lebens reichte ihr plötzlich nicht – sie wollte alles von ihm.

Seine grünen Augen musterten sie und funkelten vor Verlangen.

Verlangen. Nicht Gier. Der Mann war ein Prinz.

„Lance, bitte.“

Ein anderer Mann hätte vielleicht in der Macht geschwelgt, die er über sie hatte. Lance hingegen nickte nur, als wäre ihm ihr Wunsch Befehl.

Seine grünen Augen verengten sich, als er einen herrlichen Zentimeter nach dem anderen in sie eindrang. Seine glatte, sengende Hitze verzehrte sie, dehnte sie. Der Akt fühlte sich genauso emotional wie körperlich an, und sie fürchtete sich davor, was sie vielleicht in den Klauen der Leidenschaft sagen, schwören oder versprechen könnte. Ihre Wölfin wollte die Fänge blecken und seinen Hals zur Vorbereitung auf den Paarungsbiss lecken, so verzweifelt gierte sie nach mehr.

Gefährte! rief ihre Wölfin, und Josie hätte schwören können, dass sie seine Antwort hörte.

Gefährtin! Mein!

Mit einem mächtigen Knall spaltete draußen ein Blitz einen Baum. Das Geräusch hallte dröhnend über die Hügel. Lance schob sich vollständig in sie, dann begann er mit einem steten Takt. Der bald von kraftvoll und gleichmäßig zu tiefer und animalischer überging, als er seinen Instinkten nachgab. Und als er mit einem leisen Grunzen kam, schwebte Josie erneut und trieb durch den Raum. Ihr Gehirn schaltete sich ab, während eine Welle der Ekstase nach der anderen durch ihren Körper rollte.

Danach schmiegte sie sich an ihn und lauschte seinem rasenden Herzschlag. Zwei kraftvolle Arme legten sich um sie. Beschützend, nicht besitzergreifend. Wie ein Versprechen.

Sogar sein Schweiß roch sauber. Nach Ehrlichkeit. Josie schmiegte sich an seine Haut und fragte sich, ob sie je genug von ihm bekommen könnte.

Während sie dalag, staunte sie über das Gefühl von Frieden, das die Kabine erfüllte. Sie konnte sich in Träumen verlieren. In Plänen, in Hoffnungen. Aber in einem Mann? Es schien töricht und leichtsinnig zu sein.

Und doch auch so richtig.

Kapitel 13

Mitten in der Nacht schlug Josie jäh die Augen auf. Sie lag still und versuchte zu begreifen, was an ihr zog.

Nicht Lance, diesmal nicht. Davor waren sie bereits zweimal aufgewacht. Jedes Mal hatten sie eine andere Möglichkeit gefunden, sich in den Armen des anderen zu winden. Und jedes Mal war es so schön wie beim ersten Mal gewesen. Josie wäre nicht überrascht, wenn ihre Haut wie ein Leuchtfeuer in der Nacht schimmerte – ein Leuchtfeuer für ihn, um den Weg zu ihr zu finden.

Im Moment jedoch ging Lance' Atmung gleichmäßig, und seine entspannten Gliedmaßen wiesen darauf hin, dass er schlief. Sie beobachtete, wie sich sein Brustkorb mit jedem Atemzug hob und senkte. Gab es etwas Anziehenderes als einen Fels von einem Mann, der im Schlaf wie ein Knabe wirkte? Vor allem, wenn es sich um einen Mann wie Lance mit so flüchtigen Augenblicken des Friedens handelte.

Josie geriet in Versuchung, ihm das Haar aus der Stirn zu wischen und mit der Hand über seine Haut zu streichen. Aber was sie geweckt hatte, war eine andere Kraft. Eine Kraft abseits ihrer ineinander verschlungenen Gliedmaßen. Eine Kraft von außerhalb der Hütte. Von draußen in der Nacht.

Zeit zum Jagen, lautete der flüsternde Ruf.

Ein Teil von ihr wollte aufspringen und gehorchen. Ein anderer Teil wollte sich nicht rühren. Sie blickte auf ihren nackten, unter dem Gewicht von Lance' Arm eingekeilten Körper hinab. Und verdammt: Das Gefühl, jemandem zu gehören, sollte nicht so herrlich sein.

Josie sagte sich, dass sie nicht einknicken durfte, nicht einmal unter der Anziehungskraft eines verwundeten Kriegers, die

Lance ausstrahlte. Ein Mann wie er könnte ihre Seele ersticken. Das hatte sie wieder und wieder erlebt. Greer, der brutale Alpha in Colorado war so gewesen. Roric in Nevada hatte denselben rigorosen Stil. Tyrone von der Twin Moon Ranch auch. Sein Sohn Tyler schien zwar ein recht anständiger Kerl zu sein, aber er besaß dieselbe innere Kraft – so ausgeprägt, dass sie ein schwarzes Loch um ihn herum erzeugte.

So waren Alphas nun mal. Alle.

Sogar Lance. Er mochte seine Kraft unter Verschluss halten, trotzdem würde sie Josie ersticken, wenn sie zu lang in seiner Nähe bliebe. Sie würde den besonderen Teil auslöschen, der Josie ausmachte, und sie zu einer gewöhnlichen Geliebten mutieren lassen. Ob es durch rohe Gewalt oder durch ihr eigenes gedankenloses Mitwirken geschähe, das Endergebnis wäre dasselbe. Sie würde verlieren, wer sie war. Mit anderen Worten: Sie würde alles verlieren.

Nein, beharrte ihre Wölfin. *Unser Gefährte gibt, ohne zu nehmen.*

Er ist nicht unsere Gef... Josie wollte widersprechen, konnte sich jedoch irgendwie nicht dazu durchringen.

Sie schüttelte sich innerlich. *Neumond. Zeit zu gehen.*

Ihre Wölfin nickte zustimmend. *Neumond. Zeit zu jagen.*

Der Sturm legte sich allmählich, und Lance hatte Jed vertrieben. Kein Grund mehr zu warten.

Sie schlüpfte unter Lance' Arm hervor und tappte leise zur Tür. Dort zögerte sie mit einem Blick zu ihrem Bogen. Würde es eine Jagd dieser Art werden?

Sie schnupperte, während sie überlegte. Nein. Nicht in dieser Nacht. In dieser Nacht würde es eine Wolfsjagd werden. Die beste Art.

Draußen betrachtete sie den Himmel. Der Sturm klarte schnell auf, verzog sich in Richtung Süden und suchte sich eine neue Bühne für seine spektakuläre Show. Zwischen den Wolken erschienen die ersten Lücken, durch die sich schwach funkelnde Sterne abzeichneten. Stück für Stück verdrängte Josie das Chaos in ihrem Kopf und konzentrierte sich auf die vor ihr liegende Aufgabe. Die Jagd. Das war ihre Pflicht. Ihre Leidenschaft. Ihre Berufung.

Sie schloss die Augen und ließ den Mond die Wölfin aus ihr herauslocken. Ihre Verwandlung begann mit einem Gähnen, das in ein Dehnen überging, als ein anderer Körper aus ihrem Inneren hervorkam. Bereitwillig fügte sich ihr Leib in seine vertraute zweite Gestalt. Sie ließ sich auf alle viere fallen und wölbte den Rücken, während sich goldbraunes Fell über ihre Haut ausbreitete. Ihre Nase verlängerte sich zu einer Schnauze und nahm die Gerüche der Wüste auf, während ihre Sicht zu Graustufen verblasste. Ihre Wölfin schnupperte und wedelte mit dem Schwanz, erst nach links, dann nach rechts.

Endlich frei.

Der erste Geruch, der ihr auffiel – ihr geradezu entgegensprang – war der von Lance, und sie musste gegen den Drang ankämpfen, zurück in die Hütte zu eilen. Sie reckte die Nase höher, um weiter entfernte Gerüche aufzuschnappen, tastete sich langsam an ihre Beute heran. Da – da war es. Warmblütig. Moschusartig. Fleischig. Etwas Junges und Gesundes. Etwas Starkes.

Sie sog sich den Geruch tief in die Lunge, bis sie sich eine gepunktete Linie vorstellen konnte, die sich über die unebene Landschaft zu ihrer Beute schlängelte. Dann schüttelte sie den pelzigen Körper und brach zur Jagd auf.

Die Jagd. Ein häufig missverstandener Begriff – vor allem bei ihrer Art der Jagd.

Nur bei bestimmten Gelegenheiten wurde dabei getötet, und manchmal fiel die Aufgabe ihr zu – die Schwachen ausmerzen und ihre Körper zurück in die Erde schicken, während ihre Geister zum Himmel aufstiegen. Solche Beute erlag oft schnell und manchmal sogar dankbar. Dafür hatte sie ihren Bogen – um für ein schnelles und barmherziges Ende zu sorgen.

In dieser Nacht jedoch stand eine andere Art der Jagd an, bei der es nicht ums Töten ging. Die kniffligste Art der Jagd, denn die Beute unverletzt zu fangen, stellte eine weitaus größere Herausforderung dar.

Josie trabte los, die Ohren gespitzt, die Augen wachsam. Sie hatte nur eine Chance, es richtig hinzubekommen.

Während sie stetig dahintrabte, überlegte sie, wie die Jagd in dieser Nacht verlaufen würde. Ihre Beute könnte fliehen oder kämpfen. Wenn ihre Beute wüsste, was das Beste für sie war, würde es für Josie erheblich einfacher werden.

Ihre Wölfin zog die Lippen zu einem Grinsen zurück. *Wo bliebe denn da der Spaß?*

Aus einer Meile wurden erst zwei, dann drei. Sie bahnte sich den Weg durch das Gestrüpp und näherte sich der Beute. Ihre Pfoten pochten über Erde und Stein, während sie die Nase hoch in der Luft behielt. Lance' würde anders vorgehen, mit der Nase dicht über dem Boden, während er der Fährte seiner Beute folgte. Josie hingegen spürte durch die Gerüche in der Luft auf, wo sich die Beute aufhielt. So konnte sie Abkürzungen nehmen, ohne befürchten zu müssen, die Fährte zu verlieren. Allerdings musste es ein frischer, ein aktiver Geruch sein, damit es klappte. Ein Fährtensucher wie Lance wiederum könnte auch älteren Spuren über weitere Entfernungen folgen.

Wir wären ein tolles Team, entschied ihre Wölfin.

Josie verdrängte den Gedanken. Die Jagd war etwas für Einzelgänger, richtig?

So ist es nicht immer gewesen, brummte die Wölfin. *In den alten Zeiten...*

Josie bremste sie an der Stelle. Ja, sie kannte die Geschichten von den glorreichen Tagen, in denen sich ganze Rudel der Jagd angeschlossen hatten und gemeinsam durch die Nacht gerannt waren. Aber diese Zeiten waren vorbei. Ihre Art war so selten geworden wie die Spezies, die zu beschützen ihre Aufgabe war. Rudeljagden gab es sogar noch seltener.

Aber es fühlte sich gut an, draußen durch die Nacht zu laufen, auch allein. Sie rannte eine felsige Mesa hinauf, dann verlangsamte sie die Schritte und schlich über einen Grat. Unter ihr lag ein kleines, schmales Tal mit einer hohen Baumreihe entlang dem gewundenen Verlauf eines Bachs. Sie roch frisches Wasser und den satten Duft der Pflanzen am Ufer.

Da. Ihre Beute befand sich in den Schatten dort unten.

Das Tier trank in kurzen Schlucken aus dem Bach, hob dabei regelmäßig den Kopf und suchte die Umgebung ab, bevor es weitertrank. In den beinah schwarzen Schatten konnte man die Bewegungen kaum erkennen, doch als Josie sich darauf konzentrierte, zeichnete sich die Gestalt deutlich ab.

Ein Gabelbock. Ein prächtiger Wüstengabelbock, eines der seltensten der seltenen Exemplare. Das reine Weiß des Hinterteils hob sich schimmernd von der Landschaft ab, während die dunkleren Linien des restlichen Körpers die Ränder der Gestalt in der Nacht verschwimmen ließen. Das Tier wirkte dadurch wie ein bloßer Geist. Ein Weibchen. Jung, kräftig und sehr nervös.

Sollte es auch sein. Die wenigen in freier Wildbahn verbliebenen Gabelböcke wurden von Trophäenjägern wegen ihrer wunderschönen Felle und einzigartigen Hörner geschätzt. Man hatte sie fast bis zur Ausrottung gejagt, bevor sich die Bestände leicht erholt hatten. Daher zählte jedes einzelne Tier für das Überleben der Art – erst recht ein junges Weibchen wie dieses.

Nur war es zu früh im Jahr dafür, dass sich dieses gazellenähnliche Geschöpf in diesem Teil der Wüste aufhielt. Was dachte sich das dumme Weibchen bloß?

Leider waren Gabelböcke nicht für ihren Verstand bekannt.

Aber das Weibchen wird schnell sein. Ihre Wölfin leckte sich über die Lippen. *Schnell genug, um uns eine gute Hetzjagd zu liefern.*

Darin lag die Herausforderung. Ein Wolf musste schlau *und* fit sein, um einen Gabelbock auf diese Weise zu fangen.

Dann pass mal auf, meinte die Wölfin grinsend.

Sie senkte den Bauch auf den Boden und ließ die Wärme der Erde in ihren Körper sickern, während sie sich rasch einen Plan zurechtlegte. Sie würde sich von Westen her nähern und dicht an der Buschreihe seitlich der Bäume bleiben. Dann würde sie...

Zu ihrer Rechten knackte ein Zweig, bevor es in der Wüste totenstill wurde. Der Gabelbock zuckte mit den Ohren – einmal, zweimal – und nahm Reißaus.

Josie fluchte, als ihr Kopf in Richtung des Eindringlings herumwirbelte. Ein Kojote, der sich über die Anhöhe näherte. Er war leise gewesen, aber nicht leise genug.

Nein, kein Kojote. Ein Wolf. Oder doch ein Kojote?

Irgendwas dazwischen, entschied sie. Eine überaus sexy Gestalt der imposanten Größe eines Wolfs und der Färbung eines Kojoten.

Lance?

Ihr widerstrebte zutiefst, dass sich ein Teil von ihr unwillkürlich freute, ihn zu sehen. Ein anderer Teil hingegen konnte sich einen innerlichen Aufschrei des Protests nicht verkneifen. Er ruinierte ihr die Jagd!

Sie preschte hinter ihrer Beute her. Ihre Krallen pflügten über die Erde, während ihre Wölfin eine ganze Liste von Verwünschungen vom Stapel ließ.

Dummer Mann! Dummer Fährtensucher! Dummer... An der Stelle setzten die Erinnerungen ein. *Sexy Mann. Sexy Fährtensucher. Einfühlsamer Lover...*

Genug! brüllte die Jägerin in ihr und konzentrierte sich auf die Verfolgung. Sie konnte hören, wie Lance hinter ihr durch das Gebüsch pflügte. Immerhin gab es keinen Grund mehr für Verstohlenheit. Ihre Ohren richteten sich auf und konzentrierten sich auf den Gabelbock. Sie musste das Weibchen erwischen!

Der Gabelbock erwies sich als schnell, aber in seiner Panik als töricht. Das Tier kämpfte sich durch das dichtere Gestrüpp entlang des Bachufers, während Josie parallel dazu auf dem einfacheren Gelände darüber rannte. Sie streckte die Schnauze nach vorn und verlängerte die Schritte, um mit dem leichtfüßigen Gabelbockweibchen mitzuhalten.

Die Verfolgungsjagd setzte sich über Felsen, Schluchten und Hügel fort. Josie verlor sich in den Empfindungen. Die verzweifelten Hufschläge über trockene Erde, der Rhythmus ihres eigenen pochenden Herzens, die Geräusche des anderen Wolfs dicht hinter ihr.

Anfangs war sie verärgert gewesen. Was fiel Lance eigentlich ein, ihr einfach so zu folgen? Aber ihn bei der Jagd dabei zu haben, gestaltete es noch aufregender. Bisher hatte sie immer allein gejagt. Zwar hatte sie sich dabei nie einsam gefühlt, aber auch nie so sehr ihrer eigenen Art verbunden.

In den alten Zeiten... begann ihre Wölfin.

Ja, wusste sie. In den alten Zeiten hatten die Wölfe in Rudeln gejagt und sich gemeinschaftlich um ihre Reviere gekümmert. Sie hatten dafür gesorgt, dass die Herden stark blieben, indem sie die Schwachen, Alten und Kranken gekeult hatten. Im Gegenzug ernährten die Herden die Wölfe. Es war eine zeitlose, symbiotische Beziehung, die das Gleichgewicht und das Überleben beider Spezies sicherte – und eine Verantwortung, die von Jägerinnen wie Josie immer noch geehrt wurde.

Sie rannte wie nie zuvor, zu gleichen Teilen auf ihre Beute und auf Lance eingestimmt. Den Nervenkitzel der Jagd zu teilen... fühlte sich irgendwie richtig an.

Ihre Gedanken überschlugen sich, während ihr Körper die Verfolgung fortsetzte. Wenn die Jagd einst ein Rudelunterfangen gewesen war, bedeutete das...

Ihre Ohren konzentrierten sich auf Lance. Verstand er etwas von ihrer Art der Jagd? Würde er wissen, wie man zusammenarbeitete, um die Beute zu stellen – nicht, um sie zu töten, sondern um sie auf einen besseren Weg zu schicken?

Josie ging verschiedenste mögliche Szenarien durch, bevor sie aus dem Bauch heraus eine Entscheidung traf. Alles oder nichts. Sie schwenkte scharf nach rechts den Hang hinauf. Konnte sie Lance vertrauen?

Es gab nur eine Möglichkeit, es herauszufinden.

Kapitel 14

Lieber Himmel, kann diese Wölfin rennen. Und der Gabelbock auch.

Lance keuchte und suchte nach einem weiteren Gang zum Höherschalten, doch er gab bereits alles. Eigentlich sollte er sich schuldig fühlen, weil er Josies Beute verscheucht hatte. Aber verdammt, er hatte noch halb geschlafen, als er auf die beiden gestoßen war. Außerdem war Josie diejenige, die ihn mitten in der Nacht zurückgelassen hatte.

Eine Nacht, die er für perfekt gehalten hatte, bis er allein aufgewacht war.

Zuerst konnte er es nicht glauben. Ein paar Runden intensiver Sex, ein kurzes Kuscheln, und schon hatte sich Josie vom Acker gemacht.

War vielleicht sogar klug von ihr. Immerhin konnte ihr ein Mann wie er nicht viel bieten – nur eine Hütte am Rand der Ranch, einen ungewöhnlichen Job und eine ungewisse Herkunft. Das Einzige, was er wirklich bieten konnte, war sein Herz. Und das war so abgenutzt wie seine überbeanspruchte Couch.

Trotzdem schmerzte es. Sehr. Das Gefühl, zurückgelassen zu werden, kannte er, und der Schmerz reichte weiter zurück als nur ein paar Stunden. Über Jahre. Etliche.

Eines Abends war sein Vater noch zu Hause gewesen und hatte das Haus mit seiner warmen Bassstimme erfüllt. Am nächsten brüllte draußen ein Motorrad auf und beförderte einen ungeduldigen Mann aus dem Leben eines kleinen Jungen. Danach war sein Vater alle paar Monate vorbeigekommen, wirkte sauber, reumütig und trügerisch aufrichtig – ein Zustand, der gerade lang genug anhielt, dass sich der kleine

Lance ein wenig Hoffnung bewahrte. Lang genug, dass es weht-
at, wenn der Mann wieder verschwand. Hin und her, hin und
her. Der kleine Lance versteckte sich damals regelmäßig unter
seiner Steppdecke und wollte nicht einschlafen, weil er sich davor fürchtete, wer kommen könnte – oder schlimmer noch, wer
gehen könnte. Ständig fragte er sich, wie es wohl sein würde,
einen Motor eintreffen statt davonbrausen zu hören.

Er hatte die Erinnerungen so lange verdrängt, dass sie umso
wuchtiger zurückkehrten.

Zuerst hatte er mit hängenden Schultern auf dem Bett ge-
sessen, sich die Stirn gerieben und sich gefragt, woher diese wilden Vorstellungen kamen. Vorstellungen davon, lang und fest
mit dem Wissen zu schlafen, dass er jemanden, den er liebte,
für mehr als eine Nacht haben würde.

An der Stelle bremste er sich. Er war kein Kind mehr. Und
was Liebe anging – nein, er liebte Josie nicht. Er... mochte
sie eher. Und er hatte seinen Spaß gehabt. Was wollte er also
noch?

Mehr, wimmerte der Wolf in ihm verdrossen. *Gefährtin.
Behalten.*

Für immer, fügte der Kojote hinzu.

Lance schüttelte den Kopf. Er konnte Josie nicht lieben.
Das war verboten. Diese ganze Nacht war ein Fehler gewesen.

Die Stimmen des Kojoten und des Wolfs tobten in seinem
Kopf. *Kein Fehler!*

Eigentlich hatte er vorgehabt, sich noch eine Weile selbst
zu bemitleiden, doch seine Nase hatte zu zucken angefangen.
Etwas anderes als der Geruch von Bedauern lag in der Luft.
Etwas Aufregendes. Seine Hände krallten sich in die Laken.
Schwebte Josie in Gefahr? War Jed zurückgekehrt?

Lance sprang auf die Beine, riss die Tür auf und verwandelte sich, schärfte die Sinne, als ihn Gerüche und Geräusche
bestürmten.

Der Neumond. Die Wüste zwischen zwei Atemzügen. Irgendetwas ging da draußen vor sich.

Schnuppernd lief er auf der Veranda hin und her. Wo steckte Josie?

Wie die Nadeln etlicher winziger Kompasse schwenkten sämtliche seiner Sinne nach Norden. Da. Dort war sie. Irgendwie wusste er es einfach. Er brach auf und folgte ihrer frischen Fährte durch die Nacht. Es dauerte nicht lang, bis der Nervenkitzel der Verfolgung den Zorn und den Schmerz verdrängten. Es vermittelte ihm ein Hochgefühl, durch die kühle Nachtluft zu laufen. Seine Beine trugen ihn stark und sicher über den Hügel, um eine Mesa herum, eine Anhöhe hinauf...

Und dort hatten zwei Köpfe überrascht aufgeschaut. Er fluchte innerlich. *Verdammt.*

Zum einen sah Lance das schlanke Gesicht eines Gabelbocks – eines Weibchens mit großen Augen, aufgestellten Ohren und nach innen gebogenen Hörnern. Zum anderen eine Wölfin mit seidigem, bräunlich-goldenem Fell, langen Beinen und adelig wirkendem Kinn.

Josie ließ mit einem spitzen Jaulen ihren Unmut vernehmen, bevor sie hinter dem Gabelbock her preschte.

Die Aussicht auf eine gemeinsame Verfolgungsjagd verdrängt Lance' Instinkt, beschämt den Kopf hängen zu lassen. Der Gabelbock rannte, Josie rannte, und verdammt – Lance rannte auch. Er wollte nicht zurückgelassen werden!

Und so rannte er nun mit entschlossen zusammengebissenen Zähnen. Aber verflucht, einfach machten es ihm die beiden Weibchen nicht. Er erhaschte flüchtige Blicke auf die dünnen, agilen Beine des Gabelbocks und den kurzen Schwanz, der zuckte, als sich das Tier mit mächtigen Sätzen fortbewegte. Das Gabelbockweibchen flüchtete mit hochkarätigem Treibstoff: Todesangst.

Josie hingegen schien auf den Flügeln eines Wüstengeists zu schweben. Eine Aura umgab sie, ein Leuchten. In einer mondlosen Nacht sollte ihr Fell nicht so hell schimmern. Und doch tat es das. Es blitzte über die Landschaft wie ein goldener Fisch in trübem Wasser. Noch nie hatte Lance eine Wölfin gesehen, die sich so bewegte: eine geballte Ladung Anmut, Entschlossenheit, Leidenschaft und reine weibliche Kraft.

Oh, und ob du das schon gesehen hast, brummte sein Kojote. *Und es ist noch gar nicht lange her.*

Um ein Haar wäre Lance gestolpert, als die Bilder aus seinem Gedächtnis auftauchten: Josie, die ihn im Licht zuckender Blitze zum Bett zog. Josie, die sich zurücklegte und ihn einlud, ihren Körper zu erkunden. Josie, die sich vor Lust wand, als er wieder und wieder in sie stieß.

Sein inneres Thermometer schnellte um etliche Grade empor. Na schön, sie hatten beiden in Flammen gestanden. Aber es war nur Sex gewesen, oder?

Sein Kojote schnaubte. *Bei wem hast du dich je so lebendig gefühlt?*

Lance dachte lang und gründlich darüber nach, aber ihm fiel niemand ein. Schlimmer noch, er fiel zurück. Rasch verdrängte er die Gedanken, fest entschlossen, sich bei der Verfolgung nicht abschütteln zu lassen.

Aber es gab Entschlossenheit, und es gab unvorstellbare angeborene Geschwindigkeit. Ihm baumelte die Zunge bereits hechelnd aus dem Maul, während die beiden Weibchen keinerlei Ermüdungserscheinungen zeigten. Ihr Vorsprung schien sich nach und nach zu vergrößern. Der Gabelbock hatte gegenüber Josie etwa zweihundert Meter, sie gegenüber Lance ungefähr die Hälfte davon. Und Gott, er war sich nicht sicher, ob er sie einholen könnte, selbst wenn er einen vollen Sprint hinlegte.

Dann brach die Wölfin plötzlich in schrägem Winkel aus und galoppierte einen Hang hinauf, weg vom Gabelbockweibchen. Lance wurde langsamer, hin- und hergerissen zwischen zwei Richtungen. Was hatte Josie vor?

Seine Ohren zuckten, als er ein Flüstern in der Nacht aufschnappte. Bis es den Weg in seinen Kopf gefunden hatte, fühlte es sie mehr nach Bildern als nach Geräuschen an. Wenn er hinter dem Gabelbockweibchen bliebe und es nach rechts triebe...

Eine Szene spielte sich in seinem Kopf ab. Wenn er nah an der linken Flanke bliebe, würde das Gabelbockweibchen nach rechts ausweichen. Und wenn Josie schnell genug wäre, könnte sie die Abkürzung über die Hügelkuppe nutzen, um dem Tier auf der anderen Seite den Weg abzuschneiden.

Wir jagen als Rudel, trug ihm das Flüstern zu. *Wie in alten Zeiten.*

Lance wusste nicht recht, was mit den alten Zeiten gemeint war, trotzdem raste er grinsend hinter dem Gabelbock her.

Clever, entschied seine menschliche Seite.

Beleidigend, meinte sein Wolf schnaubend. *Sie will, dass wir den Hirtenhund für sie spielen?*

Gerissen, befand der Kojote lächelnd. *Sie erledigt ihren Teil, wir unseren.*

Es fiel zwei zu eins aus, denn der Mann in Lance zeigte sich von der Herausforderung genauso begeistert wie der Kojote. Und verdammt noch mal, er hatte sich noch nie an einer solchen Jagd beteiligt. Fährtenlesen lag ihm im Blut, doch das ging langsam und stetig vonstatten. Dabei überprüfte seine Nase jeden Quadratzentimeter Erde, bevor er weiterging. Hier hatte er es mit einer aufregenden Verfolgungsjagd mit peitschenden Zweigen, polternden Hufschlägen und wild hämmernden Herzen zu tun. Etwas Vergleichbares kannte er nur von seltenen, leichtfertigen Hetzjagden auf ein streunendes Reh oder Wildschwein. Ein Gabelbock spielte in einer völlig anderen Liga, vor allem ein so flinker wie dieser.

Und auch Josie spielte in einer eigenen Liga. Sie rannte mit pfeilgerader, nach vorn gerichteter Schnauze und hielt den Schwanz stolz wie ein Banner erhoben.

Sein Wolf jedoch war sich nicht sicher, ob ihm das Arrangement gefiel.

Sollten nicht Männer anführen und Frauen folgen? Sollte nicht ein Alpha an vorderster Front kämpfen und den Sieg mit roher Kraft erzwingen?

Der Kojote lachte nur über die Bemerkung. *Ich weise ja ungern darauf hin, aber wir sind hier das Schlusslicht. Und die Aussicht von hier ist gar nicht so übel.*

Aus dem Augenwinkel beobachtete Lance, wie Josie im Gestrüpp verschwand, während er weiter dem Gabelbockweibchen folgte. Vielleicht gab es auch andere Wege, ein Ziel zu erreichen. Vielleicht wusste ein kluger Alpha, wann es ratsam war, anzuführen, und wann es schlauer war, zu folgen.

Er traf seine Entscheidung und schwenkte nach links. Wenn Josie einen Hirtenhund wollte, würde er ihn für sie spielen. Er holte tief Luft, hob die Schnauze und stieß Geheul aus, während er rannte. Ein grollendes Geheul, das mit tausend blutigen Toden drohte. Natürlich war es in vollem Lauf mehr heiße Luft als sonst etwas. Ein Wolf würde nie darauf hereinfallen, ein Gabelbock hingegen...

Und tatsächlich, das Weibchen sprang nach rechts davon, genau dorthin, wo er es haben wollte.

Lance bellte und kläffte und lieferte eine Show, die ihn mit einem kindlichen Vergnügen ähnlich dem erfüllte, das er verspürte, wenn er den Motor seiner Harley an einer roten Ampel grollen ließ.

Die Augen des Gabelbockweibchens weiteten sich vor Panik, und es driftete nach rechts, immer noch gut hundert Meter vor Lance. Ein Abstand, den er mit seinen brennenden Lungenflügeln niemals aufholen würde. Aber das spielte keine Rolle, denn plötzlich blitzte von rechts etwas Goldenes auf, begleitet von einem Brummen. Und Josie segelte durch die Luft wie eine Walküre geradewegs aus der Hölle. Sie stürzte sich auf ihre Beute. Wölfin und Gabelbockweibchen überschlugen sich in einem Gewirr aus zappelnden Hufen und aufblitzenden Zähnen.

Lance' Herz krampfte sich zusammen. Ein Glückstreffer der Hufe des Gabelbockweibchens könnte Josie die Rippen brechen, ihren Kopf zertrümmern oder sie ein Auge kosten. Bei einer Jagd gab es keine Sicherheit. Gestaltwandler heilten zwar schnell, waren jedoch nicht gegen Schmerz gefeit. Außerdem würde der Gabelbock mit einem Glückstreffer wohl entkommen, und etwas an Josies Intensität verriet ihm, dass genau das in dieser Nacht nicht passieren durfte.

Als er sich noch zwei Schritte entfernt befand, endete das Gerangel abrupt, und er bremste schlitternd ab. Was zum Teufel ging hier vor sich?

Josie hatte das Gabelbockweibchen so sicher im Griff wie ein Cowboy ein mit dem Lasso gefesseltes Kalb. Mit den Kiefern um den Hals des Tiers hielt sie es mit dem eigenen Körper am Boden. Sie schnaubte zwischen den Zähnen hindurch und befahl ihrer Beute stumm, sich zu fügen. Lance sah, wie die Augen des Gabelbockweibchens panisch zuckten, während sich die gestreiften Flanken verängstigt und schnell hoben und senkten.

Aber es gab keinen Todesbiss, kein aufspritzendes Blut. Josie wollte das Gabelbockweibchen nicht erlegen. Stattdessen hielt sie es fest. Nach einem Grunzen und etwas Zappeln kehrte Stille ein, und ein anderer Ausdruck trat in die Augen des Beutetiers. Es gab die Gegenwehr auf und... hörte zu.

Auch Lance lauschte mit schiefgelegtem Kopf. Ein Flüstern lag in der Luft, schwach wie das Licht von tausend Lichtjahren entfernten Sternen. Ein Flüstern, das Bilder vermittelte, keine Worte, ließ in Lance' Kopf eine Landschaft entstehen.

Ein Berg, ein gewunden verlaufender Bach und ein weitläufiges, grünes Tal, das vor Gras strotzte. Irgendwo im Norden. Nicht, dass Lance je dort gewesen wäre – er wusste es einfach. Dann sah er einen Felsbrocken im Gelände und ein Aufblitzen von Weiß – das Hinterteil eines weiteren Gabelbocks. Dem Aussehen nach ein großes Männchen.

Da, schien das Bild dem Weibchen zu sagen. *Dorthin musst du.*

Josie verharrte über ihrer Beute und zwang sie, dem Flüstern zu lauschen, das aus dem Boden aufzusteigen schien. Dann zeigten die Bilder aus der Vogelperspektive den vor Geschwindigkeit verschwommenen Weg zu jenem besonderen Ort.

Abrupt ließ Lance den Hintern auf den felsigen Untergrund plumpsen, als ihn eine Erkenntnis ereilte.

Heilige Scheiße.

Natürlich kannte er die Legenden, aber er hatte nie geglaubt, sie könnten wahr sein. Legenden einer großen Jägerin, so schnell und ausdauernd, dass sie es mit jeder Beute aufnehmen konnte. Eine Jägerin, die über die Geschöpfe in ihrem Territorium wachte und dafür sorgte, dass die Herden – und damit indirekt auch ihr Rudel – gesund blieben. Eine Jägerin, die sich darum kümmerte, ein natürliches Gleichgewicht zu bewahren, das in modernen Zeiten aus den Fugen geraten war.

Das Gabelbockweibchen mühte sich auf die Beine, entfernte sich ein paar wackelige Schritte und ließ erschöpft den Kopf hängen. Dann gab das Tier ein schnalzendes Grunzen von sich und trottete in die Nacht davon, steuerte Richtung Norden zu dem grünen Tal, wo es einen Gefährten finden würde.

Gefährtin, kam leise von Lance' innerem Wolf.

Sein Blick fiel auf Josie, die sich gerade emsig eine Pfote leckte. Die meisten Gestaltwandlerrudel – Wölfe und Kojoten – hatten Meisterjäger. Aber eine Meisterjägerin... Seine Gedanken kramten nach dem Begriff, den er vor langer Zeit geflüstert gehört hatte. Herrin... Herrin der Jagd. Die als Dienerin von Mutter Erde die Herden hütete.

Es lag Generationen zurück, dass zuletzt eine wahre Jägerin auf Erden gewandelt war. So lange, dass die Herrin der Jagd ins Reich der Legenden gedriftet war.

Aber es war keine Legende. Sie existierte wirklich.

Und es war Josie.

Langsam senkte er mit einem ehrfürchtigen Schnauben den Kopf.

Josie. Seine Josie. Die Herrin der Jagd.

Kapitel 15

Josie beobachtete, wie das Gabelbockweibchen in der Nacht verschwand.

Viel Glück, meine Freundin. Viel Glück. Dann verdrängte sie Gedanken an das Gabelhornweibchen und ließ das Kinn sinken. Die übliche Euphorie nach einer Jagd flutete sie wie eine Droge: Sie fühlte sich zugleich müde und triumphierend. Bescheiden, zugleich allmächtig. So viel in ihrem Leben wurde von den Launen eines Alphas bestimmt, aber eine Jagd war für sie eine Gelegenheit, frei zu sein.

Und eine seltene Gelegenheit. Bald würde diese magische Nacht enden, und sie würde wieder die normale Josie sein, ihr Geheimnis hüten und sich über die Zukunft sorgen.

Zumindest war die Jagd erfolgreich gewesen. Und lohnend – das Gabelbockweibchen war unterwegs zu einem sichereren Ort und einem Artgenossen. Wenn das Schicksal dem Tier wohlgesonnen wäre, würde es seinen Gefährten finden, sich mit ihm paaren und eine weitere Generation einer hoffentlich langen, gesunden Linie hervorbringen.

Josie selbst entstammte einer zwar langen, aber noch selteneren Linie. Sie spürte die Verbindung bei jeder Jagd – eine Verbindung zu ihrer Großmutter, Urgroßmutter und so vielen anderen vor so langer Zeit. Sie waren in vergangenen Jahrhunderten in die Neue Welt gekommen, um die einst üppigen Herden zu hüten: Bisons, Antilopen, Elche. Aber selbst die großen Jägerinnen konnten den unerbittlichen Ansturm der Pioniere und Trophäenjäger nicht aufhalten. Sie konnten nur die letzten Überlebenden in sichere Gebiete führen, wo sie sich verstecken und fortbestehen konnten.

Seufzend neigte sie den Kopf, um sich eine Pfote zu lecken, auf die ihr das Gabelbockweibchen im Kampf getreten war. Lance beobachtete sie, aber sie fühlte sich noch nicht bereit, ihm gegenüberzutreten. Sein Mitwirken an der Jagd hatte ihr einen bisher nie erlebten Kick beschert. Den Kick, andere bei der Jagd anzuführen, wie es ihre Großmutter beschrieben hatte.

Ein bisschen wie in alten Zeiten. Ihre Wölfin lächelte.

Nun ja, von den alten Zeiten war es doch weit entfernt, aber sie würde nehmen, was sie kriegen konnte. Wenn sie nur offen mit einem Rudel jagen könnte, das ihre Gabe zu schätzen wusste. Leider fand man solche Rudel ausgesprochen selten. Roric und sein Westend Rudel scherten sich einen Dreck um das Gleichgewicht. Sie hatten ihre Seelen an das Casinogeschäft verkauft. Andere Rudel würden eine Jägerin wie sie vielleicht schätzen, allerdings lag darin auch eine Gefahr. Das falsche Rudel würde sie an einen engen Bereich binden. Aber sie musste weit umherziehen und würdige Beute suchen. Moderne Wolfsrudel mit ihren zersplitterten Territorien würden das kaum unterstützen. Landete sie beim falschen Rudel, würde sie sich damit begnügen müssen, Schafe oder Halsbandpekaris zu jagen. Ihr Blut jedoch verlangte nach den seltenen Arten – Dickhornschafe, Gabelböcke und andere, die auf dem schmalen Grat zwischen Überleben und Aussterben wandelten.

Und nun kannte Lance ihr Geheimnis. Was, wenn er sie verriete?

Mit einem Knurren verdrängte Josie ihre menschlichen Befürchtungen. In dieser Nacht – oder was davon übrig war – sollten die kleinen Triumphe gefeiert werden. Eine erfolgreiche Jagd und ein Weibchen, das sich auf dem Weg in ein sicheres Gebiet zu einem Gefährten befand.

Gefährte.

Bei dem Stichwort drehte sich ihre Wölfin zu Lance um. Seine grünen Augen wirkten tiefgründig und ehrlich. Wolf, Kojote, Mensch: drei in einem Mann, der sie voll Verwunderung und Überraschung ansah, bevor er respektvoll den Kopf senkte.

Sie trat auf Lance zu. Er wäre ein würdiger Gefährte. Aufrecht und ehrlich. Ein Freund. Und wer könnte sie besser verstehen als ein Fährtensucher?

Er ließ den Kopf gesenkt, während sie ihn umkreiste.

Diese Jagd ist beendet, wollte sie sagen.

Aber das zwischen uns nicht, meinte ihre Wölfin grinsend und rieb die Schulter an seiner.

Lance' Augen leuchteten, als könnte er immer noch nicht fassen, was er gesehen hatte, also stupste sie ihn leicht mit der Hüfte. Diesmal jedoch fiel die Berührung langsamer aus und hielt an, bis sie mit dem gesamten Körper seine Flanke entlangrieb. Geschmeidig glitt sie über sein Fell. Die Färbung eines Kojoten ließ ihn aus der Ferne kleiner erscheinen. Nun jedoch ragte er groß wie ein Wolf über ihr auf. Sogar größer als die meisten. Josie strich um ihn herum seinen Körper entlang und die andere Seite hinab. Funken sprühten.

Als Lance den Kopf drehte und ihrem Blick begegnete, besagten seine Augen alles. Sie besagten, dass er mit der Jagd fertig war, aber mit ihr gerade erst anfing.

Mit pochendem Herzen und Überwindung entfernte sich Josie und atmete beruhigend durch. Die Jagd brachte ihre Leidenschaft hervor, eine Leidenschaft, die sich nicht leicht bändigen ließ. Bei früheren Jagden war sie nach Hause zurückgekehrt und hatte sich einen Wolf als Lover gesucht, um sich zu entspannen. Dasselbe könnte sie nun mit ihm tun. Ihre Wölfin wollte es, sein Wolf auch.

Doch in dieser Nacht fühlte es sich anders an. Sie wollte es nicht schnell und hart. Sie wollte es langsam. Anmutig. Befriedigend – nicht nur für ihren Körper, sondern auch für ihre Seele. Und Wölfe... nun ja, Wölfe taugten selten für mehr als eine harte, schnelle Nummer.

He! protestierte ihre Wölfin.

Aber sie hatte sich entschieden. Menschen waren bei ihren Partnern entschieden wählerischer. Und Josie war wählerisch. Sie wollte Lance, den Mann.

Aber würde auch er sie wollen? Würde er es langsam, anmutig und süß wollen?

Während sie in den warmen Farbton seiner Augen blickte, stand Lance schier unmöglich still. Sehnsüchtig, begehrend, wartend. Auf sie.

Und plötzlich schlug simple Erregung in unbändige Lust um. Josie trat vor und verwandelte sich mitten im Schritt in ihre menschliche Gestalt. Ihr Rücken richtete sich auf, ihre Schultern streckten sich, ihre Kiefer klickten. Dann atmete sie tief durch und stand nackt auf zwei Beinen in der Wüstennacht. So fühlte es sich kühler an. Belebend.

Lance verharrte regungslos mit angehaltenem Atem. Sein Wolf ragte so hoch auf, dass sie mit einer Hand über seinen Rücken streichen konnte, ohne sich zu bücken. Sein Fell fühlte sich drahtig und dicht unter ihrer Handfläche an. Sie konnte der Versuchung nicht widerstehen, mit den Fingern bis zur Haut vorzudringen, als sie ihn erneut umkreiste. Nachdem sie seine rechte Seite entlang zurückgekehrt war, stellte sie sich nackt, völlig entblößt vor ihn. Josie schauderte, sowohl von der Kälte der Nacht als auch von der animalischen Lust, die durch ihren Körper kribbelte.

Entscheide dich, Wolf, lag ihr auf der Zunge, als sich ihre Brustwarzen zu festen Spitzen verhärteten. *Nimm mich oder lass es. Geh das Risiko ein.*

Langsam, bedächtig blinzelte er, und sie umkreiste ihn erneut. Ihre Hand hob sich, als sich Lance verwandelte und auf zwei Beine aufrichtete. Seine menschliche Seite eroberte die Nacht von dem Tier in ihm zurück. Das Fell wich glatter, geschmeidiger Haut, als ihre Finger den Weg fortsetzten, von seinen Hüften zu einem festen, muskulösen Hintern. Sie bog um seine Schulter herum wie eine Tänzerin bei einem langsamen Walzer und begab sich direkt in seine Umarmung.

Lance – der menschliche Lance – zog sie dicht an sich, vergrub die Nase in ihrem Haar und setzte die Bewegung nahtlos fort. Seine Arme streichelten sie so, wie sie seinen Wolf gestreichelt hatte, und brachten ihren Körper vor wachsendem Verlangen zum Pulsieren.

„Josie", flüsterte er.

Lance rieb mit dem Daumenballen über ihre Unterlippe, bevor er sie genauso küsste wie beim allerersten Mal. Der Geruch des Wolfs haftete an ihm, und der Geschmack des Kojoten lag auf der Zunge, die mit ihrer zart und süß tanzte. Und doch war er ganz Mensch, ganz Mann.

Unwillkürlich blickte Josie nach unten, als er den Kuss widerwillig abbrach. Eindeutig ganz Mann.

Als er jenes verhaltene Lächeln aufsetzte, wurden ihre Knie ein wenig weich. Die Jägerin in ihr war mit der Wölfin verschwunden. Nun war sie ganz Frau. Sie wollte sich seinen Berührungen völlig hingeben, ihm vertrauen.

Vertrauen. Sie grübelte über das Wort. Wann hatte sie einem Mann je wirklich vertraut?

Josie schloss die Augen und seufzte, als Lance die Hände über ihre Rippen gleiten ließ und hauchzart außen an ihren Brüste entlangstreichelte.

In dieser Nacht. In dieser Nacht würde sie vertrauen.

Seine Hände legten sich vollständig auf ihren Busen und entfachten ein Feuer in ihr. Sie presste sich an ihn, wollte jedes Atom zwischen ihren Körpern verdrängen.

Lance...

Es blieb ein inneres Seufzer, denn in diesem Augenblick zu sprechen, hätte den Zauber dieser magischen Nacht brechen können. Ihr Körper schrie nach mehr, und er gab es ihr bereitwillig, indem er zärtlich mit ihrem Busen spielte. Seine Brust strahlte Hitze ab, während sein Mund den ihren selbstsicher erkundete.

Lance' Hände wanderten zu ihrem Kreuz hinab, wieder hoch und ein letztes Mal nach unten, um sie anzuheben und an ihn zu drücken. So nah, dass sie aus dem Gleichgewicht geriet und ihr Körper nach hinten kippte.

Vertrauen. Das Wort hallte in ihrem Kopf wider, als sie sich zwang, loszulassen. Sie kippte weiter und weiter, so weit, dass sie überzeugt davon war, sie würde auf den Boden krachen.

„Hab dich", flüsterte Lance und schlang die Arme fest um sie. Josie fühlte sich federleicht, als er sie zu Boden senkte und ihr folgte, sich behutsam über ihrem Körper niederließ. Der felsige Untergrund fühlte sich flach und glatt an. Über ihr strahlte Lance Hitze ab.

Nimm mich. Liebe mich. Paar dich mit mir, bettelte ihre innere Wölfin, und Josie hatte Mühe, die Worte in sich zu behalten.

Lance senkte den Kopf und machte sich über ihre Brüste
her. Sie wölbte sich seinem Mund entgegen, fest entschlossen,
die letzten Stunden der Nacht so lang wie möglich auszudeh-
nen.

Aber ihr Körper pflügte voran, ließ sie die Knie weit sprei-
zen und führte seine Hand nach unten, damit er sie streichelte.
Sie sah ihn noch einmal Lächeln – *Gott, dieses Lächeln* –, bevor sie die Augen schloss, um die herrlichen Empfindungen zu
genießen, die seine Finger an ihren unteren Lippen entfachten.
Sie schnappte nach Luft, als er gleichzeitig den Mund über
einen Nippel stülpte und sie höher und höher emporschraubte.
Erst ein Finger, dann zwei glitten in sie und entlockten ihrer
Kehle ein Stöhnen.

„Schön", flüsterte sie unwillkürlich. „So schön."

Lance' Grinsen wurde breiter, während sich seine grünen
Augen verengten. Als Josie schon überzeugt davon war, er
würde ihre Beine gleich weiter auseinanderschieben und sich
in ihr versenken, packte Lance sie an den Hüften und rollte sie
beide herum. Plötzlich ragte sie über ihm auf, die Knie neben
seinen Hüften.

„Du willst unten sein?", fragte sie mit großen Augen.

„Ich will diese Aussicht."

Sie atmete tief ein und langsam aus, dann lehnte sie sich
auf die Fersen zurück, saß über seinem ausgestreckt liegenden
Körper. Josie neigte das Kinn den Sternen entgegen. „Sie sind
wunderschön." Der Himmel präsentierte sich mittlerweile fast
wolkenlos, und die Sterne funkelten so klar und strahlend wie
nur in einer Nacht nach einem Sturm. „Wie Juwelen am Himmel."

„Nicht die Sterne", murmelte er. „Ich rede von dir. Reite
mich." Er hob die Hüften an.

Josie klemmte sich die Unterlippe zwischen die Zähne und
bildete ein Dreieck über ihm, stützte sich mit den Armen zu
beiden Seiten seiner muskulösen Brust ab. Dann rutschte sie ein
wenig höher an seinem Körper entlang und senkte sich langsam
auf ihn.

Stöhnend nahm sie ihn in sich auf.

Als sie sich nach hinten wiegte und er tiefer in sie drang, teilten sich Lance' Lippen, und auch er stöhnte leise. Dann packte er sie kräftig an den Hüften und stieß nach oben, verankerte sich tief in ihr, während ihre inneren Muskeln ihn kraftvoll umklammerten.

Wir sind ein gutes Team, säuselte ihre Wölfin.

Sind wir, hätte sie schwören können, ihn denken zu hören. Aber mit dem nächsten sinnlichen Stoß leerten sich ihre Gedanken. Sie ließ die Muskeln über seiner Härte spielen, spannte und lockerte sie in sinnlichen Wellen.

Er schloss die Augen, während er stöhnte, langsam und unregelmäßig wie ein rotierender Baumstamm in einem wirbelnden Fluss.

„Hab dich." Sie lächelte. Ihr gefiel, was sie sah.

Lance öffnete die Augen und fand neuen Halt an ihren Hüften. Josie ließ die Muskeln an ihm spielen, als sie sich hob, kurz innehielt und sich wuchtig auf ihn senkte. Sie hätte das Spiel ewig fortsetzen können, doch eine neue Inspiration ereilte sie. Bei der nächsten Aufwärtsbewegung rutschte sie nach unten. Ihre Brüste wippten über seine Oberschenkel, als sie seine Härte zwischen die Lippen nahm. Nicht, um gemächlich daran zu lecken oder langsam daran hinabzugleiten. Stattdessen saugte sie ihn regelrecht ein und entlockte ihm ein weiteres Stöhnen.

Mein. Ganz mein.

Ihr Kopf bewegte sich über ihm auf und ab, bis er klatschnass und prall war. Sein Körper verharrte dabei regungslos, abgesehen von seinen Fingern, die lustvoll in ihrem Haar kreisten. Josie erlebte einen Rausch, als sich das Gleichgewicht der Kräfte zu ihren Gunsten neigte. Natürlich stand Macht nicht im Mittelpunkt. Nicht, wenn Vertrauen im Spiel war. Und es bewies Vertrauen von Lance, dass er sich so von ihr nehmen ließ – eine Seltenheit bei einem dominanten Wolf. Die Frage war, wie weit ihr eigenes Vertrauen reichte.

Weit genug, dass sie ihm die Kontrolle überließ, als er sich gleich darauf aufsetzte, heiser ihren Namen murmelte und sie herumrollte, bis er sich oben befand. Dabei hatte er ein teuflisches Grinsen im Gesicht, das vermittelte: *Was sagst du dazu?*

Kapitel 16

Am liebsten hätte Lance den Kopf zurückgeworfen und begeistert geheult, als er nach der Rolle obenauf endete. Josie befand sich mit weit aufgerissenen Augen unter ihm, bereit für mehr. Sie hatte ihm ein einmaliges Erlebnis beschert. Nun wollte er sich so revanchieren, dass sie nie wieder einen anderen wollen würde. Nur ihn.

Mein! brüllte der Wolf in ihm.

Vage Erinnerungen an Warnungen wie *tabu* wurden schlagartig vergessen, als sich Josies Körper perfekt an seinen schmiegte. Sie schenkte Vertrauen nicht leichtfertig. Das allein genügte, um Gedanken an Pflicht, Ehre und das Rudel zu verdrängen. Er musste sie berühren, sie schmecken, sie ausfüllen.

Der Donner und die Blitze waren längst weitergezogen, aber er spürte immer noch das elektrisierende Knistern dessen, was sie bei ihm bewirkte. Seine Lippen wanderten über ihre Schulter, kosteten wieder und wieder von ihr. Und dann sank er mit einem jähen Stoß in sie.

Lance hatte gedacht, bereits so hoch aufgestiegen zu sein, wie es ein Mann nur konnte. Aber er erlebte es noch höher, als Josie das Kinn nach unten neigte, um zu beobachten, wie er in ihr verschwand. Ihr Gesicht glühte regelrecht, als sie zusah, wie er Zentimeter für heißen Zentimeter in ihre Enge glitt. Ihre Lippen teilten sich, ihre Lider klappten zu, und tief in ihr konnte er spüren, wie sie bebte.

Lance wollte sich die Gesamtheit der Eindrücke einprägen. Den Anblick von ihr unter ihm. Die perfekte Verbindung ihrer Körper, ihre eng umschlungenen Beine.

Lance stieß so tief zu, dass er sich schon beim ersten Mal beinah darin verlor. Josies Augen wirkten glasig, als er abermals vordrang und bei jedem Zentimeter vor Lust loderte. Langsam beschleunigte er die Bewegungen, bis sie eine Eigendynamik entwickelten.

„Lance", hauchte Josie stöhnend und schlang die Beine um seinen Rücken.

Gefährtin, brummte der Wolf in ihm.

Als sie sich um seine Härte herum zusammenzog, verließen ihn alle Gedanke außer dem innigen Wunsch, sie zu erfüllen.

„Jetzt!", rief sie.

„Jetzt", gab er zurück, solange er noch konnte. Dann übernahmen seine Hüften und steigerten die Bewegungen zu einem Crescendo, das den felsigen Boden, auf dem sie lagen, zu erschüttern schien, hart und rasend wie eine unbändige Flutwelle. Sie baute sich in ihm auf, höher und höher, bis sie explosiv aus ihm hervorbrach, als er sich in Josie ergoss.

Er umklammerte mit festem Griff ihre Hüften, als sich sein gesamter Körper versteifte. Josie erschauderte, dann erschlaffte sie atemlos an seiner Brust.

Irgendwie gelang es ihm, die Arme um sie zu legen und sie festzuhalten, während er dem wilden Pochen ihres Herzens lauschte.

„Du bist unglaublich", murmelte er schließlich.

Sie war so viel mehr als von außen erkennbar. Noch vor wenigen Minuten war sie eine mächtige Jägerin gewesen. Nun war sie ganz Frau.

Ganz sein.

„Du bist selbst nicht übel", gab sie schmunzelnd zurück.

Ihr Duft erfüllte seine Nase, ihre Wärme seine Arme. Ihre Atemzüge wurden ruhiger. Die Zeit dehnte und verlangsamte sich, als wollte ihnen das Schicksal verlängerte Augenblicke schenken.

Die Herrin der Jagd. Hatte er sich alles nur eingebildet? Die Verfolgungsjagd, das Gabelbockweibchen, die Landschaft, die in seinem Kopf erschienen war? Könnte sich eine Frau wie Josie je mit einem Halbblut wie ihm begnügen?

Er blickte hinab und stellte fest, dass sie ihn streichelte wie eine Harfe. Seufzend schmiegte sie sich inniger an ihn, während die Sterne langsam über den Himmel wanderten.

„Bist du dafür hergekommen?", fragte er schließlich. „Zum Jagen?"

Sie deutete in Richtung des Tals, der Tafelberge, der endlosen Meilen dahinter. „Ich brauche Platz."

Lance spähte in die sternenklare Nacht und fragte sich, wie viel Platz sie brauchte. Und ob sie vielleicht bereit wäre, ihn zu teilen.

„Aber du... du hast es nur festgehalten." Er drückte sie fester an sich, falls die Worte ihren Fluchtinstinkt auslösten. „Das Gabelbockweibchen, meine ich."

Josie schüttelte langsam den Kopf. Sie wirkte müde, aber rundum zufrieden. „Wölfinnen waren schon immer die Hüterinnen der Herden. Wir sorgen dafür, dass sie stark bleiben."

Er fuhr mit einem Finger über die weiche Haut an ihrem Hals. „Ich habe noch nie eine Wölfin gesehen, die das getan hat."

Josie zuckte mit den Schultern und schlug die Augen nieder. „Du kennst doch den kitschigen Spruch: Wenn du etwas liebst, dann lass es frei."

Aber hinter ihrer Art der Jagd steckte mehr als ein kitschiger Satz, das wusste Lance. „Du hast das Gabelbockweibchen nicht getötet."

„Es musste nicht getötet werden. Es musste..." Josie verstummte kurz und musterte ihn, als wollte sie abschätzen, wie viel sie sagen sollte. „Es musste zuhören."

„Das machst du also? Du sagst ihnen, wohin sie gehen sollen?" Das Bild des grünen Tals war so klar gewesen, dass er das frische Gras riechen und die saubere Brise schmecken konnte. „Wo sie in Sicherheit sein werden?"

Josie nahm sich lange Zeit, die Worte abzuwägen, bevor sie antwortete. „Ich sage ihnen gar nichts. Das tun die Erdgeister. Ich sorge nur dafür, dass sie zuhören."

Er nickte. „Sie wird also wissen, wohin sie soll. Wo sie in Sicherheit sein wird. Wo sie einen Gefährten finden wird..." An der Stelle verstummte er und war froh, dass Josie seinen Blick mied, während er gegen das Gefühl der Enge in seiner Brust ankämpfte.

Er brauchte kein Flüstern in der Nacht. Lance wusste, wo er seine Gefährtin finden würde.

Genau hier. Sein Kojote brummte zufrieden.

Josie räusperte sich und murmelte: „Eine gute Jagd."

Eine sehr gute Jagd, pflichtete sein Wolf ihr bei.

„Eine interessante Art der Jagd", fügte Lance hinzu und bemühte sich, seiner Stimme einen festen Klang zu verleihen.

Josie schürzte die Lippen. „Es wird auch getötet, wenn es sein muss. Die Alten, die Schwachen, die Kranken. Alles zu seiner Zeit. Aber wenn es sein muss, mache ich es richtig", fuhr sie fort und klang dabei leidenschaftlich. „Schnell und respektvoll. Nicht wie diese verdammten Trapper, die Bärenhetzer, die Menschen, die es falsch machen. Sie holen sich die stärksten Böcke und die klügsten Weibchen."

Alles passte perfekt zu den Geschichten, die Lance' Großmutter immer erzählt hatte. Aber Josie war keine Kojotin. „Du bist nicht Diné", sagte er.

Diné? fragten ihre Augen.

„Navajo."

Sie schüttelte den Kopf. „Meine Familie ist aus Europa gekommen. Meine Vorfahren konnten die Menschen nicht davon abhalten, die Herden dort zu dezimieren, also sind sie in die Neue Welt ausgewandert. Sie haben sich bemüht, dafür zu sorgen, dass die Herden stark bleiben. Aber es sind auch andere gekommen. Zu viele und zu schnell."

Diese Geschichte kannte Lance nur zu gut. „Bist du die Einzige?"

Ihr Puls verlangsamte sich zu einem traurigen Pochen. „Meine Großmutter war die einzige Jägerin im Südwesten. Bei meiner Mutter hat die Gabe eine Generation übersprungen. Und ich... ich bin die Einzige. Sonst weiß ich von keiner, die... anders ist."

Lance zog sie näher und wünschte, er könnte sagen, was er empfand – dass er wusste, wie es sich anfühlte, anders zu sein, allein zu sein. Aber Josie war etwas Besonderes, einzigartig. Und er nur ein minderes Halbblut.

Versuch, es ihr zu verkaufen, rief sein Kojote plötzlich trübsinnig.

Kapitel 17

Für Josie hatte sich eine Nacht noch nie so schön angefühlt, und noch nie war der Morgen so schnell für sie angebrochen. Sie lag an Lance gekuschelt, döste abwechselnd und beobachtete die Sterne, bis nach und nach Schattierungen von Orange und Rosa den Himmel eroberten.

Ein neuer Tag. Welche Offenbarungen würde er mit sich bringen?

Sie rollte sich zu Lance, richtete jeden Teil ihres Körpers an seinem aus und holte sich von ihm einen letzten Kuss. Zumindest den letzten für diese Nacht. Dann stand sie auf, streckte sich und hielt ihm die Hand entgegen.

Zuerst rührte er sich nicht, und sie fragte sich, was ihm durch den Kopf ging. Er war von leidenschaftlich und hoffnungsvoll zu still übergegangen, als die ersten Sonnenstrahlen über die Erde schlichen.

„Hey." Sie schenkte ihm ein ermutigtes Lächeln. „Zeit, aufzubrechen, mein Hübscher."

Er öffnete ein Lid. „Hübsch bist hier nur du."

Verrückt fand Josie, dass er nicht scherzte, sondern es vollkommen ernst meinte. Seine Finger schlossen sich um ihre, als wollte er sie nie wieder loslassen.

Josie drückte sie kurz, dann zog sie ihn hoch. Auf dem Boden liegend hatten sie sich auf Augenhöhe befunden. Stehend jedoch überragte er sie. Er war nicht nur äußerlich imposant, an ihm war so viel dran. Der Mann war mehr als ein Fährtensucher.

Dieser Mann könnte unser Gefährte sein, sagte die Wölfin.

Josie atmete tief durch und ließ den Blick über die Hügel wandern. Es war ein weiter Weg zurück zur Hütte.

„Zu Fuß oder... zu Fuß?“, scherzte sie.

Er ließ das Lächeln aufblitzen, auf das sie gehofft hatte, als er verstand, was sie meinte. Sollten sie sich für den Rückweg in Wolfsgestalt verwandeln? Oder sollen sie ihn auf nackten menschlichen Füßen bewältigen?

„Auf vier Beinen ginge es schneller.“ Er sprach es leise aus, beinah so, als wollte er sie auf die Probe stellen.

„Na dann.“ Sie nickte. „Lass uns auf zwei Beinen gehen.“

Sein Lächeln wurde breiter. „Also gut, dann zweibeinig.“

Sie marschierten los und bahnten sich den Weg durch das Gestrüpp, überquerten den Hügel und anschließend das Tal, in dem Josie ihre Beute ursprünglich entdeckt hatte. Bei Tag und als Mensch wirkte alles so anders. Etwas jedoch hatte sich nicht verändert – der Kick, den es ihr verlieh, Lance an der Seite zu haben.

Wie es wohl wäre, immer so zu jagen. Mit ihm.

Sie konnte es sich so mühelos vorstellen und empfand es als unheimlich verlockend.

Aber können wir ihm vertrauen?

Vollkommen, antwortete ihre Wölfin und wedelte mit dem Schwanz.

Was Josie prompt zur nächsten Frage führte: Wie sehr konnte sie sich selbst vertrauen?

Die Frage schien an jedem Kaktusstachel zu hängen, dem sie behutsam auswich, und in jedem scharfkantigen Kiesel zu stecken, der sich in ihre Fußsohlen bohrte. Aber mit der Hand in Lance' festem Griff und seiner ruhigen Präsenz an der Seite fühlte sich die Suche nach einer endgültigen Antwort nicht ganz so dringend an.

Als sie die Hütte erreichten, hielten sie kurz nach der Schwelle inne und ließen die Beweise ihres Liebesspiels auf sich wirken. Die zerknitterten Laken... den berauschenden Moschusgeruch in der Luft. Gern, nur zu gern hätte Josie daran angeknüpft, wo sie aufgehört hatten.

Lance' Hand verstärkte den Griff um ihre, und er flüsterte: „Wir müssen zurück.“

Sie wäre gern geblieben und hätte so getan, als könnte jede Nacht für den Rest ihrer Tage so wie die letzte Nacht sein.

Aber Wunschvorstellungen führten zu nichts, also hob sie ihre Kleidung auf und zog sich an. Währenddessen schlüpfte Lance in seine Jeans und brachte das Bett in Ordnung. Josie zupfte ihr Shirt zurecht, dann schlang sie sich Bogen und Köcher über die Schultern und wünschte, es wäre nicht schon Zeit, aufzubrechen.

Als Lance zur Tür hinausging und das Motorrad von der Veranda schob, ertönte ein metallisches Klirren, als ihm der Schlüssel aus der Tasche fiel. Josie hob ihn auf und kniff im grellen Morgenlicht die Augen zusammen. Die Nacht war Vergangenheit. Wenn sie ihre Zukunft wollte, musste sie sich aufmachen und sie sich holen.

Lance streckte die Hand wie einen Fanghandschuh aus. Josie zögerte. War sie bereit, einem Mann den Fahrersitz für ihr Leben zu überlassen? Sie hielt den Schlüssel in der Hand, während sie hin und her überlegte.

„Haben Sie denn einen Motorradführerschein, Fräulein?", rief Lance.

Sein Ton klang scherzhaft, aber seine Augen besagten: *Gib mir den Schlüssel.* Und da waren sie wieder – die inneren Zweifel. Ein herrischer Alpha war das Letzte, was sie brauchte.

Sie versteifte leicht den Körper. „Habe ich tatsächlich."

Er studierte sie, dann zog er eine Augenbraue hoch. *Bitte gib mir den Schlüssel.*

Josie strich mit dem Finger über den Bart des Schlüssels, bis ihre Wölfin ihren Gedanken einen Schubs versetzte. *Diesem Mann können wir vertrauen.*

Sie warf ihm den Schlüssel zu und legte alles in einen Blick, der besagte: *Missbrauch nicht mein Vertrauen.*

Lance warf ihr wie ein Versprechen einen Helm zu.

„Was ist mit dir?" Sie deutete auf den einzigen Helm, den er hatte.

Er klopfte sich mit den Knöcheln auf den Kopf und lächelte. „Harter Schädel." Dann startete er das Motorrad und bedeutete ihr, hinten aufzusteigen.

Nach einem tiefen Atemzug kam Josie der Aufforderung nach. Kaum war sie in Position gegangen – die Brust an seinem Rücken, die Beine an seinen, die Arme um seine Taille –, verflogen ihre Sorgen. Das fühlte sich gut an. Sicher. Richtig.

Zuhause, murmelte ihre Wölfin.

Lance drehte am Gasgriff, und sie brausten los. Am Horizont schien Verheißung zu schimmern. Vielleicht war es nicht das Ende einer wunderschönen Nacht, sondern der Beginn eines wunderschönen Tags. Wer konnte das schon sagen?

Josie lehnte sich an Lance und gestattete sich, jede Kurve und jeden Gang, den er hinaufbeschleunigte, einfach zu genießen. Was für einen Hund ein Autofenster war, musste für einen Gestaltwandler ein Motorrad sein, entschied sie. Der Wind wehte ihre Sorgen davon, während sie sich der Freude der Fahrt hingab. Danach zu urteilen, wie sich Lance' Lunge unter ihrem festen Griff befreit füllte, empfand er wohl genauso. Seine Schultern lockerten sich und vermittelten pure Freude über die freie Straße, den brummenden Motor und die Arme einer Frau – die Arme seiner Frau – um die Taille.

Josie lächelte an seinen Schulterblättern und strich mit den Fingern über die Erhebungen seiner Rippen. Als sie die Stelle passierten, an der Jed sie bedrängt hatte, wandte sie den Kopf davon ab. Um die Panne ihres Autos würde sie sich später kümmern. Und was Jed anging, den hatte Lance verscheucht, richtig?

Sie wollte sich diesen Tag von nichts verderben lassen. Und sie wollte ihn so lang wie möglich ausdehnen. Warum überhastet zurück zur Ranch?

Aber als sie den Highway erreichten und nach Süden bogen, vibrierte Lance' Handy in seiner Tasche. Mehrmals unmittelbar hintereinander. Schien sich um dringende Nachrichten zu handeln. Schließlich steuerte Lance ein Rasthaus an und holte das Telefon heraus. Seine Miene verfinsterte sich, während er auf das Display starrte.

„Mist. "

Vielleicht wäre es doch keine so verrückte Idee gewesen, sich für immer in der Hütte zu verstecken.

Was ist? hätte sie beinah gefragt. *Was steht in den Nachrichten?*

Kurz schaute er vom Display auf, sah Josie an und senkte den Blick wieder auf das Telefon. Seine Finger krampften sich so fest um das Gerät zusammen, dass sie dachte, das Gehäuse würde gleich zerbrechen.

„Lance?"

Ein düsterer Ausdruck huschte über seine Züge, bevor er das Telefon endgültig ausschaltete. *Sollen sie warten,* besagten seine grünen Augen und wirkten dabei trotzig.

Was ging nur vor sich?

Er stapfte auf das Diner zu und zog Josie mit. „Frühstück."

Es war weniger eine Einladung, mehr eine feste Aussage, als wollte er einen Standpunkt verdeutlichen. Noch nie hatte sie den Alpha in ihm dichter an der Oberfläche erlebt.

Aber er hält die Macht zurück, merkte ihre Wölfin an. *Er hält sie zurück – für uns. Siehst du, was für ein feiner Gefährte er wäre?*

Josie kniff zwar die Lippen zusammen, widersprach jedoch nicht.

„Kaffee?", fragte sie.

„Kaffee", brummte er.

Sie setzten sich und ließen sich bei jedem Bissen Pfannkuchen, bei jedem Schluck Kaffee reichlich Zeit. Und während ihre Bewegungen anfangs mechanisch wirkten, lockerte sich die Anspannung in Lance' Schultern nach und nach. Wie der Sturm, der in der vergangenen Nacht aufgekommen war und sich wieder verzogen hatte, verflüchtigte sich auch seine Gewittermiene, und blauer Himmel folgte darauf.

Buchstäblich. Schließlich stieg Josie wieder auf das Motorrad und neigte das Gesicht dem Himmel zu, um die Sonne zu genießen. Lance fuhr deutlich unter dem Tempolimit. Genau wie sie hatte er es nicht eilig damit, zur Ranch zurückzukehren. Nach knapp zwanzig Meilen auf der Straße steuerte er einen Aussichtspunkt an. Dort genossen sie zunächst das Panorama, bevor sie nahtlos dazu übergingen, die Lippen des anderen für eine weitere glückliche Minute – oder Stunde – zu genießen. Mit ihm verlor Josie nur zu leicht jedes Zeitgefühl.

„Das ist wunderschön", murmelte sie schließlich.

„Das ist gar nichts.“ Sein verstohlenes Lächeln deutete an, dass er einen noch besseren Platz kannte.

Und tatsächlich dauerte es nicht lange, bis er an einer ungekennzeichneten Kreuzung vom Highway abbog. Sie holperten eine halbe Meile lang querfeldein, bevor sie abstiegen und zu einem Feld mit Felsbrocken im Schatten eines Steilhangs gingen. Er zeigte auf in den Stein geritzte Wirbel und Linien.

„Petroglyphen“, murmelte Josie und fuhr sie einen Millimeter über dem Stein nach. „Navajo – Diné, meine ich?“

Er zuckte mit den Schultern. „Das weiß niemand. Aber der Ort hier strahlt etwas aus.“

Josie schloss die Augen und stimmte sich ein, bis sie es spürte – Schwingungen in der Luft, wie ein uralter Sprechgesang. Das Flüstern der Vergangenheit. Seiner Vergangenheit?

Sie schlug die Augen auf und musterte Lance. Kojote, Diné. Weißer Mann, Wolf. In Lance steckte ein bisschen von allem, und Josie liebte alles.

Sie trat näher zu ihm und umarmte ihn, dann streckte sie sich seinen Lippen entgegen, um zu schmecken, was sie gesehen hatte. Sie küssten sich, bis ihre Arme zu wandern begannen und ihre Zungen tiefer vorstießen. Dann brach Lance das Geschehen abrupt ab.

„Nicht hier“, flüsterte er und entfernte sich von dem Ort mit ihrer Hand fest in seiner.

Offenbar galt es als tabu, sich an einer so heiligen Stätte der Leidenschaft hinzugeben. Josie folgte ihrem Lover schweigend den Hang hinunter. Wenige Minuten später führte Lance sie in einen Platanenhain.

„Hier“, flüsterte er und schloss dort an, wo er aufgehört hatte.

Seine Hände erkundeten ihren Körper, entfachten jeden Nerv, bis sie sich beide entblättert hatten und sich langsam und zärtlich so liebten, wie es nur vom Schicksal vorherbestimmte Gefährten konnten. Als die Sonne bereits tief am Himmel stand und sie den Weg zurück zum Motorrad antraten, war sich Josie sicher.

Gefährte. Mein.

Sie wartete kurz, ob eine innere Stimme dagegen protestieren würde, was jedoch nicht geschah. Die Worte klangen richtig.

Die Worte sind richtig, entschied ihre Wölfin.

Beinah hätte Josie über sich gelacht. Und wieder klammerte sie sich viel fester als nötig an Lance, als sie über den Highway brausten. Der Spieß hatte sich umgedreht, denn mittlerweile wollte sie ihn besitzen. Sie wollte ihn behalten, ihn umsorgen, Gutes und Schlechtes und alles dazwischen mit ihm teilen. Und wenn er sie auf dieselbe Weise besitzen wollte, nun, dann wäre das eine rundum feine Sache.

Sie schloss die Augen und ließ den Wind über ihr Gesicht streichen. Vielleicht müsste sie für einen Mann nicht ihre Seele verkaufen, sondern könnte sie mit einem Mann sogar befreien.

„Lance", rief sie leise, aber der Wind verwehte ihre Stimme.

Sie wollte ihn zum Anhalten bewegen, damit sie ihm sagen konnte, was sie empfand. Aber sie hatten schon so viele Zwischenstopps eingelegt und den Tag verbummelt... Es war wirklich an der Zeit, zur Ranch zurückzukehren. Sobald sie dort ankämen, würde Josie ihm nach Hause in seine Hütte folgen und dafür sorgen, dass es sich dort nicht mehr einsam anfühlte.

Sie lächelte an Lance' Rücken, denn noch nie war ein Tag so perfekt gewesen wie dieser.

Aus ihren Gedanken wurde sie erst gerissen, als sie über das Viehgitter unter dem Torbogen der Ranch rumpelten. Lance' gesamter Körper versteifte sich. Josie schaute abrupt auf und sah sich um. Zwei Worte ertönten in ihrem Kopf, und die Stimme, die sie sprach, war seine.

Oh Scheiße.

Kapitel 18

Lance fuhr mitten hinein in schlimmere Unbilden als das Unwetter der vergangenen Nacht. Es lag in der Luft, sprach aus den verkniffenen Mienen, die sie erwarteten, und schlug sich in der gewarnten Anspannung seiner Schultern nieder.

Er ließ das Motorrad ausrollen und blieb stehen. Was war hier los?

Tyler stieß sich vom Ratsgebäude ab, an dem er gelehnt und den Himmel betrachtet hatte, als hoffte er dort auf ein Zeichen der Götter oder eine wundersame Fluchtmöglichkeit. Beides hätte den müden Ausdruck in seinem Gesicht erklärt. Als Tyler das Kinn senkte, sah Lance, wie der Blick dieser dunklen Augen zwischen Josie und ihm hin und her schnellte.

Wann immer Tyler aufgebracht war, besaß sein Blick die Wucht eines Schlags. Und obwohl er eindeutig aufgebracht war – was Tylers Kieferpartie genauso eindeutig verriet wie das untrügliche Kratzen am Ohr –, schien es an diesem Abend anders zu sein. Seine Augen ahmten das gleichmäßige Schwingen des Pendels einer Uhr zur vollen Stunde nach.

Bong.

Das Pendel schwang nach links, und Lance spürte, wie sich der Blick in ihn bohrte.

Bong.

Schwenk zu Josie.

Ein stummer Herzschlag verstrich. Tylers Blick kehrte zu Lance zurück.

Sorg dafür, dass keiner der Jungs sie belästigt. Die Worte des künftigen Rudelführers hallten in Lance' Kopf wider.

Als Tyler den Blick wieder auf Josie richtete und sich seine Nasenflügel blähten, wusste Lance Bescheid. Tyler hatte sich zusammengereimt, wie sie die Zeit ihrer Abwesenheit verbracht hatten. Denn trotz des peitschenden Winds während der Fahrt zurück haftete der Geruch von Sex noch an ihnen.

Ein Teil von Lance wollte sich mit eingezogenem Schwanz davonschleichen. Gleichzeitig wollte er die Schultern straffen und sich auf die Brust klopfen. Erstarrt zwischen beidem wartete er darauf, dass ein Lodern in Tylers Augen entfachte. Mit angehaltenem Atem rechnete er damit, dass sich sein Freund in einen stinkwütenden wilden Wolf verwandeln würde.

Stattdessen erlosch das Licht in Tylers Augen. Sie funkelten erst wieder, als sein Vater, der alte Tyrone, mit einer Gewittermiene herübergestapft kam.

Lance musste gegen den Instinkt ankämpfen, zurückzuweichen, als sich der Blick des alten Alphas auf ihn heftete. Dann schwenkte derselbe Blick zu Josie und wurde schlagartig neutral. Berechnend.

Lance beobachtete, wie der betagte Alpha Josie musterte, und plötzlich begriff er.

Josie. Herrin der Jagd. Eine wiedergeborene Legende. Eine Legende, die das Land, das sie pflegte, angeblich zum Blühen und Gedeihen brachte.

Sein Herzschlag pochte wild durch seine Adern. Irgendwie hatte der Alte Josies Geheimnis herausgefunden... oder es von Anfang an gekannt.

Josie war nicht als Gelegenheitsarbeiterin auf die Ranch gekommen. Sie war hier, um studiert zu werden. Geprüft. Ein Rudel mit einer Jägerin in den Reihen würde aufblühen und gedeihen. Josie verhieß Prestige für das Rudel – und für die Familie, in die sie hineingepaart wurde.

Der Blick des Alphas schnellte zu Tyler, und Lance rutschte das Herz in die Stiefel.

Josie war hergeholt worden, um sie mit dem Sohn des Alphas – Tyler – zu paaren.

„Wo zum Teufel seid ihr gewesen?", blaffte Tyrone. Ruckartig deutete er mit dem Kopf zur Tür des Ratsgebäudes. „Rein da. Sofort."

Alles in Lance schrie danach, Josie auf sein Motorrad zu packen, kräftig am Gasgriff zu drehen und sie weit, weit wegzubringen. Aber seine Füße schlurften bereits auf das Haus zu, gesteuert von der Kraft der Gewohnheit. Sein Leben lang hatte er dem Alpha gehorcht. Und Gewohnheiten legte man schwer ab, auch wenn die Seele heulte. Er hatte die Pflicht, dem Rudel zu dienen.

Zum Teufel mit der Pflicht! rief sein Kojote.

Josie umklammerte seine Hand, als sie sich auf das Ratsgebäude zubewegte, obwohl sie aussah, als würde sie am liebsten die Flucht ergreifen. Ihr Blick suchte den seinen und flehte ihn stumm an, ihr Geheimnis zu bewahren.

Du musst sie warnen! Sie retten! brüllte sein Kojote. *Sag ihr, dass ihr Geheimnis bereits gelüftet ist!*

Sein Wolf hingegen ließ den Kopf hängen. Die Pflicht hatte Vorrang vor allem anderem. Ohne Ausnahme.

Kaum waren sie alle drinnen, schlug Tyrone die Tür hinter ihnen zu. Dann stapfte er zur vorderen Wand und wirbelte herum. Tyler nahm den Platz zur Rechten seines Vaters ein. Er wirkte ausgehöhlt und niedergeschlagen. Zu seiner Linken standen Cody und Tina, die jüngeren Sprösslinge des Alphas, die Lippen fest versiegelt. Sie wollten eindeutig nichts damit zu tun haben, was gleich passieren würde. Neben ihnen hatten sich drei der Rudelältesten eingefunden, allesamt Freunde des Alphas.

Lance wusste, dass er als Erster das Wort ergreifen sollte, und zwar schnell. Er hatte das Rudel nie um etwas gebeten, als hätte er sich alle seine Wünsche für diesen Augenblick aufgespart. Für Josie.

Als er den Mund öffnete, um loszulegen, kam ihm der Alpha zuvor.

„Du verlässt niemals ohne Erlaubnis das Rudelgebiet. Hast du verstanden?" Anklagend zeigte er mit dem Finger auf Josie.

Ihre Unterlippe bebte, aber sie straffte die Schultern und konterte in einer Lage, in der sich jeder vernünftige Mann davongeschlichen hätte. Aber so war Josie nun mal: mutig, draufgängerisch, stur.

„Ich habe das Gebiet nicht verlassen. Ich habe es nur erkundet."

„Ohne meine Erlaubnis gehst du nirgendwohin. Ist das klar, Weib?"

Josie hielt das Kinn hoch erhoben, während der Alpha darauf wartete, dass sie sich unterordnete. Trotzig verschränkte sie die Arme vor der Brust, obwohl sie dabei zitterte.

„Nicht ohne meine Erlaubnis – oder die deines Gefährten", fügte Tyrone hinzu.

Josie erstarrte. Tyler versteifte den Körper. Lance' innerer Wolf heulte auf. Der lange, klägliche Laut hallte durch seine Seele.

„Ich habe keinen Gefährten", brüllte Josie beinah und betonte jede Silbe.

„Ab heute Nacht schon." Tyrone deutete mit dem Daumen auf Tyler.

„Nein!" Lance knurrte im selben Moment, in dem ein erstickter Schrei aus Josies Kehle drang.

„Aber ich liebe ihn nicht!"

„Du wirst lernen, ihn zu lieben", erwiderte der alte Tyrone.

„Aber ich will ihn nicht! Ich will..." Als ihr Blick unwillkürlich zu Lance wanderte, folgten ihm die Augen aller anderen.

Lance stockte der Atem, als er sich Josie zudrehte und gebannt ihrer nächsten Worte harrte.

Ich will dich, dachte er und hoffte, von ihr würde dasselbe kommen.

Aber ihre Pupillen weiteten sich, und sie schrak geradezu vor ihm zurück, bevor sie ein einziges Wort hervorstieß.

„Du."

Nicht der Satz, auf den Lance gehofft hatte, sondern der Beginn einer Anschuldigung. Kurz verstummte sie. Ihr Gesichtsausdruck brachte klar zum Ausdruck, dass sie sich verraten fühlte.

„Du hast davon gewusst. Du hast es ihnen gesagt."

Lance sollte den Plan des Alphas gekannt haben? Verdammt, nein! Er sollte ihm Josies Geheimnis verraten haben?

„Nein!" Sein Schrei drang geradewegs durch die Wände des Ratsgebäudes und setzte sich bis in die entferntesten Winkel der Ranch fort.

„Du hast genug getan!“ Der alte Alpha brachte ihn mit einem Stampfen zum Schweigen, das die Dielen erzittern ließ. „Und du“, herrschte er Josie an. „Du solltest dankbar sein!“

Aber ihr Blick weilte immer noch auf Lance. Ihre Wangen schillerten puterrot, und ihre Lippen bebten vor unausgesprochenen Worten. Dann schüttelte sie wild den Kopf und stürmte zur Tür hinaus.

„Tja“, brummte der alte Alpha. „Sie denkt, sie könnte wegrennen.“

Als Tyler ihr folgen wollte, trat Lance vor und versperrte ihm den Weg.

Tyler blinzelte und wollte um Lance herumgehen, der jedoch einen Schritt zur Seite trat und seinem Freund die Hand auf die Brust legte. Er hatte genug. Von den Schikanen des alten Alphas. Vom Weg des geringsten Widerstands. Er hatte dem Alpha noch nie bei irgendetwas getrotzt, doch diesmal war es an der Zeit, Stellung zu beziehen. Josie gehörte ihm, und zwar ihm allein.

Ein Feuer erwachte nach und nach in Tylers Augen, und er packte Lance’ Handgelenk. Ein kurzer Ruck, und Tyler könnte es brechen.

Andererseits könnte Lance seinen Freund mit einem schnellen Stoß zurückstolpern lassen. Eine Pattsituation.

„Nicht“, stieß Lance mit knurrendem Unterton hervor.

Der alte Tyrone drängte sich nach vorn. „Geh verflucht noch mal aus dem Weg! Mein Sohn muss seine Gefährtin einfangen!“

Lance konnte seine Emotionen nicht verbergen. „Sie gehört mir!“

Die Luft im Raum vibrierte wie im Bruchteil einer Sekunde vor dem Schnalzen einer Peitsche.

„Du forderst meinen Sohn heraus?“ Die Miene des Alphas verzog sich zu etwas zwischen Wut und Häme.

Tyler herausfordern? Den künftigen Anführer des Rudels? Seinen Freund?

Das war das Letzte, was Lance wollte. Aber als er über Alternativen nachdachte, fielen ihm keine ein. Er konnte nicht zur Seite treten und Josie einfach Tyler überlassen. Und er könnte den alten Alpha nie und nimmer davon überzeugen, dass Liebe Priorität gegenüber einer vorteilhaften Paarung haben sollte. Eine mit dem Alpha des Rudels gepaarte Jägerin würde die Blutlinie des Alten mit mächtigen Nachkommen stärken.

Aber Herrgott, allein vom Gedanken daran wurde Lance übel.

Ein Luftzug trug ein Flüstern aus weiter, weiter Ferne herbei. *Du bist auch ein mächtiger Alpha. Das Rudel würde auch von dir profitieren.*

Falls Lance bei dem Gedanken ein wenig aufrechter stand, half es ihm nicht. Der alte Tyrone wartete seit Jahren auf einen Vorwand, um Lance loszuwerden. Er würde auf keinen Fall zurückrudern.

Mit Tyler konnte man an sich vernünftig reden. Nur war er ein pflichtbewusster Sohn, der seinem Vater niemals widersprechen würde. Das war seine einzige Schwäche. Immer schon gewesen.

„Sie gehört mir", wiederholte Lance und begegnete dem unerbittlichen Blick des alten Mannes.

„Sie gehört ihm!", entgegnete Tyrone und streckte die Hand nach seiner Lieblingsstelle an Lance' Nacken aus.

Als Lance die Hand des Alten wuchtig wegschlug, kehrte schlagartig Totenstille ein.

„Also ein Kampf." Tyrone sah aus, als würde er sich am liebsten vergnügt die Hände reiben. Er mochte diese Wendung der Ereignisse nicht vorhergesehen haben, aber er würde sie mit Sicherheit zu seinem Vorteil nutzen. „Auf Leben und Tod!"

Lance sah, wie Tyler langsam die Augen schloss. Er wollte ebenso wenig kämpfen wie Lance. Aber was hatte er schon für eine Wahl?

„Äh..." Beim Klang von Codys Stimme drehten sich alle Köpfe in seine Richtung. „Was ist mit ihr?" Er deutete mit dem Daumen zur Tür, durch die Josie geflüchtet war.

Das alte Alpha schnaubte. „Lass sie laufen. Wir brauchen keinen Fährtensucher, um sie einzufangen."

„Sie einzufangen?" Das Quecksilber in Lance' innerem Thermometer stieß an die Obergrenze seiner Selbstbeherrschung.

„Sie sollte die Wahl haben", protestierte Tina.

„Die hat sie getroffen, indem sie hierhergekommen ist!", brüllte Tyrone.

Wieder kehrte Stille ein.

Abgesehen von dem Flüstern in Lance' Kopf. *Sie hätte sich für dich entschieden, wenn du es nicht vermasselt hättest.*

Er zog die Hand von Tylers Brust zurück. „Also ein Kampf."

Tyler sah ihm in die Augen. „Ein Kampf."

Der alte Alpha lachte leise hinter ihnen und riss wie immer das letzte Wort an sich. „Auf Leben und Tod."

Kapitel 19

Bilder und Worte wirbelten in Josies Kopf, während sie in Richtung der Hügel rannte. Irgendwie musste sie entkommen.

Einen Gefährten?

Tyler?

Heute Nacht?

Der alte Tyrone hatte es ernst gemeint. Schlimmer noch, er erwartete von ihr Dankbarkeit dafür. Wäre sie nicht mit voller Geschwindigkeit gerannt, sie hätte in den Boden getreten.

Sabrina, die verhätschelte Tochter des Alphas des Westend Rudels, war der Typ für Dankbarkeit. Sabrina würde für Macht alles tun, genau wie ihr Vater Roric. Sie würde sogar einer strategischen Paarung zustimmen, solange damit Prestige einherging.

Josie geriet ins Stolpern, als sie eine Erkenntnis ereilte. Sie war in Nevada nicht vorsichtig genug gewesen. Jemand musste herausgefunden haben, was sie bei ihren einsamen nächtlichen Streifzügen trieb, daraus gefolgert haben, wer sie war, und diese Information dann an Roric verkauft haben. Er wiederum hatte sie an das Twin Moon Rudel weiterverkauft.

Wer kannte ihr Geheimnis? Die Gesichter möglicher Schuldiger rasten durch Josies Geist. Nur eines stach hervor. Die Alpha-Frau des Westend Rudels war eine entfernte Verwandte von Josies Vater. Könnte sie gewusst haben, in welche Linie er sich gepaart hatte?

Wichtiger noch, warum? Und wie profitierte das Westend Rudel davon?

Ihr Verstand ging die Möglichkeiten durch. Vielleicht hatte Roric irgendeinen kranken Handel eingefädelt und hatte Josie im Austausch gegen einen mächtigen Mann angeboten, der zum Westend Rudel kommen und sich mit Sabrina paaren sollte. Das Alpha-Paar dort hatte keine Söhne, und das Rudel würde eines Tages einen neuen Alpha brauchen. Ein mächtiger Vertreter der Twin Moon Ranch, der sich mit Sabrina paarte, würde einerseits dafür sorgen, dass Rorics Blutlinie am Ruder blieb, und andererseits zwei bedeutende Wolfsrudel vereinen.

Auf kranke, mittelalterliche Weise ergab es sogar einen Sinn.

Aber welcher mächtige Mann von der Twin Moon Ranch würde nach Nevada gehen? Tyler war dazu bestimmt, sein Rudel zu Hause anzuführen, und Lance würde als inakzeptabel gelten. Niemand sonst reichte an die Macht der beiden heran. Cody vielleicht, wenn er je aufhörte, Peter Pan zu spielen, den Jungen, der nie erwachsen werden wollte.

Josie rannte weiter. Blanke Wut befeuerte ihre Schritte. Sie hasste Alphas und deren Machtspiele, für die sie Einzelne wie Bauern auf einem Schachbrett benutzten. Sie waren alle gleich.

Und Lance war nicht besser. Er hatte sie hinters Licht geführt. Ihr Vertrauen missbraucht. Und kaum hatte er seinen Spaß mit ihr gehabt, hatte er sie geradewegs ins Verderben geführt.

Es lief in Zeitlupe vor ihrem inneren Auge ab: Lance nackt, über sie gebeugt. Gott, sie hatte sich von ihm berühren, von ihm schmecken lassen! Überall. Ihr waren Gedanken wie *Gefährte* und *für immer* durch den Kopf gegangen, während er sie als leichte Beute für eine heiße Nacht ausgenutzt hatte. Danach hatte er sie an seinen Freund für die arrangierte Paarung ausgeliefert. Vielleicht schwebte den beiden sogar vor, sich Josie pervers zu teilen.

Hinters Licht geführt. Verraten.

Jeder Narr hätte es kommen sehen können. Aber nein, sie hatte es schon wieder getan, hatte ihre Fantasie die Kontrolle übernehmen und zu viele Lücken ausfüllen lassen. Lance liebte sie nicht. Lance verstand sie nicht.

Und Tyler war nicht besser. Sie hatte ihn für einen anständigen Kerl gehalten und sich offensichtlich geirrt. Was für ein Mann würde sich auf eine arrangierte Paarung mit einer Frau einlassen, die ihn nicht wollte?

Ein machthungriger Mann. Einer, der sie zwingen würde, sich zu unterwerfen.

Josie rannte schneller und kniff im dämmrigen Abendlicht die Augen zusammen.

Es steckte nicht in ihr, die Gefährtin eines herrschenden Alphas zu werden. Begriff das niemand? Sie war zum Jagen geboren. Und Tyler könnte sie niemals lieben. Zumal ihr Herz bereits Lance gehörte.

Ihr gebrochenes Herz, korrigierte sie sich. Dasselbe Herz, das ihn für immer verabscheuen würde.

Josie rannte und rannte und rannte – in menschlicher Gestalt, denn ihre Wölfin weigerte sich, hervorzukommen und ihr bei der Flucht zu helfen. Und während sie rannte, versuchte sie, einen Plan zu schmieden, um sich abzusetzen. Vielleicht könnte sie ihr Auto erreichen und es irgendwie zum Laufen bringen. Oder sie könnte trampen. Vielleicht könnte sie sich wieder nach Osten durchschlagen und ein aufgeschlossenes Rudel finden, das ihr Unterschlupf gewährte, wenn die Wölfe von der Twin Moon Ranch nach ihr suchten.

In den Osten? Was sollen wir dort? protestierte ihre Wölfin. *Waschbären jagen? Dort ist kein Platz! Nicht so wie hier.*

Josie drängte das Tier zurück. Sie würde dorthin gehen, wo die Freiheit winkte. Und wenn das die Ostküste bedeutete, dann solle es ihr recht sein. Während sie weiterrannte, flehte sie ihre Wölfin an, herauszukommen und ihre Geschwindigkeit zu verdoppeln. Am nordöstlichen Rand des Twin Moon Territoriums gab es genug Möglichkeiten, das Gelände der Ranch bald zu verlassen.

Nur noch ein paar Meilen. Sie biss die Zähne zusammen und flüchtete weiter über einen holprigen Weg. *Noch ein kleines Stück...*

Nachdem sie sich einen beschwerlichen Hang hinaufgekämpft hatte, hielt sie auf einer Mesa an. Die Ranch lag hinter ihr und schimmerte mit sanftem künstlichem Licht. Ein hellerer Fleck kennzeichnete, wo sich der Speisesaal befand. Kleinere ringsum verstreute Punkte wiesen darauf hin, wo die Gemeinschaftsgebäude von privaten Unterkünften abgelöst wurden. Nachts sah der Ort immer so einladend aus. Und immer noch versuchte die trügerische Wirkung, ihre Entschlossenheit ins Wanken zu bringen. Aber mittlerweile wusste sie es besser. Eines dieser Lichter gehörte zum Ratsgebäude, in dem der alte Alpha so beiläufig ihr Schicksal verkündet hatte.

Wo steckte er gerade? Wo hielten sich die anderen auf? Josie beobachtete die Scheinwerfer eines Trucks, der durch das Tor der Ranch raste und eine Staubwolke aufwirbelte. Es war nur eine Frage der Zeit, bis man sie einholen würde. Trucks und Wölfe würden kommen – und verdammt, vielleicht würde sogar Lance auf seinem Motorrad die Verfolgungsjagd anführen.

Mit großen Sprüngen stürmte sie den Hang hinunter in Richtung der nur wenige Meilen entfernten Lichter auf dem Highway. Alles hing davon ab, es dorthin zu schaffen. Alles.

Sie hatte die Schritte gerade an den flacheren Talboden angepasst, als sie deutlich das Hecheln von sie verfolgenden Wölfen hörte.

Komm raus und hilf mit, dämliche Wölfin! brüllte sie ihre animalische Seite an. Warum weigerte sich das Tier?

Zu ihrer Linken flackerte ein Schatten. Die Wölfe näherten sich. Am liebsten hätte Josie über die Ironie lauthals geschrien. Sie sollte die Jägerin sein, nicht die Gejagte. Und die Wölfe, die sie jagten, waren nicht darauf aus, sie nur dazu zu bringen, sich von Mutter Erde ins Ohr flüstern zu lassen.

Ihre Lunge und ihre Beine brannten vor Anstrengung. Jeder Muskel in ihrem Leib spannte sich an, während sie davonraste.

Ein aufgeregtes Kläffen ertönte von ihrer Rechten. Gleich darauf folgte ein weiteres direkt hinter ihr. Die Wölfe holten auf.

Sie sprang über einen Felsbrocken und schaffte eine saubere Landung. Allerdings geriet sie mit dem nächsten Schritt in eine Furche, und sie verrenkte sich den Knöchel. Josie stürzte und landete so hart auf dem Boden, dass Hunderte Lichtpünktchen vor ihrer Sicht explodierten. Als sie sich auf die Knie rappelte, umzingelten die Wölfe sie bereits.

Es waren fünf, alle groß und dunkel. Und alle leckten sich überaus selbstgefällig mit den Zungen über die Fänge. Josie bemühte sich, bedrohlich zu wirken, als sie sich auf die Beine aufrichtete – dann zuckte sie zusammen, als Schmerzen durch ihr Fußgelenk schossen.

„Ich komme nicht mit zurück!", brüllte sie und fragte sich, welcher Wolf wer sein mochte. Zwar verströmte keiner den rauchigen Geruch des alten Alphas, aber sie bezweifelte auch, dass er sich persönlich an der Jagd beteiligt hätte. Allerdings hatte auch keiner die bräunlich-schwarze Behaarung von Tyler oder die blonde seines Bruders Cody.

Und keiner davon war Lance. Ihn hätte sie aus einer Meile Entfernung erkannt.

Ein Wolf trat vor, aber ein größerer brummte und schickte den ersten mit dem Laut prompt zurück in die Ränge. Was bedeutete, dass der Große mit dem stumpfbraunen Fell den höchsten Rang einnahm.

„Ich kehrte nicht auf die Twin Moon Ranch zurück!", rief sie und zwang sich, aufrecht zu bleiben.

Die Lippen des Wolfs zogen sich zurück, bevor er vortrat und sich in menschliche Gestalt verwandelte. Noch bevor er ein Wort von sich gab, schnappte Josie nach Luft, als sie ihn erkannte.

„Ich will dich nicht wieder auf der Twin Moon Ranch haben, Sonnenschein. Ich will, dass du mit mir kommst."

Kapitel 20

Die Sonne ging unter, und jeder Instinkt drängte Lance, seiner Josie zu folgen – nach Norden, beharrte sein innerer Kompass. Stattdessen marschierte er mit ruckartigen, mechanischen Schritten nach Westen.

Unterwegs zu einem Kampf auf Leben und Tod gegen seinen besten Freund um eine Frau, die nur einer von ihnen wollte.

Am liebsten hätte er Tyler geschüttelt, aber das würde nichts bringen. Für Tyler war das Wort seines Vaters Gesetz, und den empfindungsfähigen Teil seines Herzens hatte Tyler schon vor langer Zeit abgeschaltet. Lance konnte praktisch hören, wie er die Lage durchdachte. *Was soll's, lasse ich mich eben auf eine Paarung ein, von der das Rudel profitiert.*

Es war falsch, auch wenn Lance wusste, dass sein bester Freund Josie gut behandeln würde.

Wir kämpfen eher bis zum Tod, als sie aufzugeben, verkündeten sein Kojote und sein Wolf gemeinsam mit knurrendem Unterton.

Lance hätte den Kopf schütteln und sagen können: *Ja, und es wird der Tod sein.* Der Ausgang des Kampfs stand von vornherein fest. Er würde sterben.

Oh, er könnte es durchaus mit Tyler aufnehmen. Das würde auf einen harten Kampf zwischen zwei gleich starken Wölfen hinauslaufen. Während Tyler mit schierer Intensität punktete, hatte Lance bei der Beweglichkeit die Nase vorn. Vielleicht könnte er sogar Tylers ultimative Waffe überwinden – diesen kraftvollen finsteren Blick, der schon so manchen potenziellen Gegner erstarren lassen hatte. Da Lance bereits mit Tyler verspielt gerangelt hatte, als er ein kleiner Junge war, wusste er, wie er diesen Blick meiden konnte.

An einem guten Tag würde er sich eine realistische Chance einräumen, gegen Tyler zu bestehen. Verdammt, er könnte den Sohn des Alphas sogar besiegen. Aber ganz gleich, wie gut er kämpfte, er würde nie als Sieger hervorgehen. Denn Tyler hatte eine Geheimwaffe, die Lance immer fehlen würde.

Familie.

Alle, die sich einfanden, um sich den Kampf anzusehen, wussten genau, dass der alte Alpha korrigierend eingreifen würde, sollte Lance tatsächlich die Oberhand erlangen.

Lance könnte es mühelos mit dem alten Mann aufnehmen. Er würde es sogar genießen. Auch mit Tyler könnte er es aufnehmen, nur wollte er das nicht. Aber mit beiden? Vielleicht sogar mit drei, da Tylers Bruder Cody bereit zu sein schien, mitzumischen? Niemals.

Verrückt daran war, dass Tyler und Cody eigentlich anständige, ehrliche Männer verkörperten. Aber Blut hielt zu Blut, und ihr Vater würde tun, was nötig wäre, um den Erfolg seiner Nachkommen zu sichern.

Lance duckte sich zwischen dem zweiten und dritten Pfosten unter einem Zaun hindurch und steuerte auf die Senke zwischen der alten Werkstatt und einem Werkzeugschuppen zu, die bereits von künstlichem Licht geflutet wurde. Die Stelle hatte so manchen tödlichen Kampf erlebt, als Tyrone zur Macht aufgestiegen war, mittlerweile jedoch seit Jahrzehnten nicht mehr. Lance kniff die Augen gegen die Flutlichter zusammen und schluckte seine Verbitterung hinunter. Der alte Kauz hatte keine fünf Minuten gebraucht, um den Kampf zu einem Ereignis aufzubauschen. Und natürlich wurde Lance zur ungünstigeren Seite des Rings geführt, wo ihm das grelle Licht direkt in die Augen schien.

Er versuchte, den Lärm der sich scharenden Menge auszublenden. Der alte Tyrone stand an vorderster Front und feuerte vernichtende Blicke auf Lance ab. Auch Tylers Geschwister waren da: seine Schwester Tina mit dem rabenschwarzen Haar und Cody, der kaum gegensätzlicher sein könnte als sein Bruder. Sie standen einen auffallend großen Schritt von ihrem Vater entfernt, die Augen niedergeschlagen, um sich die hässliche Wahrheit nicht ansehen zu müssen. Tinas nervös verkrampfte Finger verrieten Lance, dass ihre Zukunft ebenso an diesem Kampf hing wie die von Tyler. Heute sollte Tyler eine Gefährtin aufgezwungen werden. Schon morgen konnte es Tina treffen. Und sogar der häufig die Partnerin wechselnde Junggeselle Cody würde in nicht allzu ferner Zukunft folgen.

Familie. Tyler stand mit dem Rücken zu einem Berg. Lance hatte hinter sich einen Abgrund.

„Schnapp ihn dir!", rief Tyrone zu seinem Sohn.

Lance beobachtete, wie Tyler zusammenzuckte und die Augen zusammenkniff. Eine Familie hatte ihre Vor- und Nachteile.

Lance hatte es nicht eilig damit, anzufangen. Stattdessen wartete er darauf, dass Tyler es tat. Bei diesem Kampf ging es nicht darum, zu gewinnen – es ging darum, Josie Zeit zur Flucht zu verschaffen, hoffentlich zu einem Rudel, in dem der Alpha sie ihren eigenen Gefährten auswählen ließe.

Er schluckte den Gedanken wie eine bittere Pille hinunter. Josie mit einem anderen Mann? Sie gehörte ihm, und er gehörte ihr. *Wir waren füreinander bestimmt.*

Nur hatte das Schicksal genau wie das Leben seine Tücken. Josie und er hatten bereits alle Zeit aufgebraucht, die das Schicksal ihnen zugestand.

Gott, was schmerzte es, auch nur daran zu denken. Und wie sie ihn mit anklagenden Augen angestarrt hatte – das war noch schlimmer gewesen. Selbst wenn er diesen unmöglichen Kampf gewinnen könnte, würde Josie ihn nie zurücknehmen.

Tyler trat vor und wirkte dabei düsterer und gequälter als je zuvor. Lance umkreiste ihn, wollte in eine bessere Position gelangen, um nicht so geblendet zu werden – mehr nicht. Er musste die Sache hinziehen. Das bedeutete, er musste lang und hart kämpfen und Tyler vielleicht schwer genug verletzen, dass er Josie nicht verfolgen würde. Bei dem Gedanken wurde ihm schlecht. Warum wollte er überhaupt gegen seinen Freund kämpfen?

Für Josie, stieß sein Wolf knurrend hervor, als Tyler den ersten Schlag entfesselte.

Die Hälfte der umstehenden Menge geriet aus dem Häuschen. Die andere Hälfte verstummte, als sich Lance duckte, konterte und Tylers Schulter streifte.

„Mach schon, Tyler!", rief eine schrille Stimme. Offensichtlich wusste Audrey, das Playgirl der Ranch, wie man sich auf die Seite des Gewinners schlug.

Lance und Tyler kreisten mit vorsichtigen Schritten umeinander, die Fäuste erhoben, die Blicke konzentriert auf der Suche nach einer Gelegenheit zum Angriff. Tyler versuchte es mit einem Aufwärtshaken, auf den er mehrere halbherzige kurze Gerade folgen ließ, die Lance mühelos abblocken konnte. Der lautstarke Teil der Menge jubelte aufgeregt. Der alte Tyrone schrie natürlich nach Blut.

„Schnapp ihn dir!"

„Warum verwandeln sie sich nicht?", rief jemand aus der Menge.

Das wusste Lance genauso gut wie Tyler. Bei einem Kampf mit Fäusten hielt sich der Schaden in Grenzen. Keiner der beiden Männer war mit dem Herzen dabei. Das konnten alle an ihrem Abtausch von Schlägen erkennen, die jeder halbwegs geschickte Teenager abgewehrt hätte.

Tyler rückte mit einer schnellen Kombination vor, die Lance perfekt unter Kontrolle hatte, bis er durch seine Beinarbeit in direkten Sichtkontakt mit dem alten Tyrone geriet. Der laserartige Blick des Mannes lenkte ihn gerade lang genug ab, damit Tyler einen Treffer auf seinem Kinn landen konnte. Als Lance rückwärtsstolperte, schnappten die Umstehenden kollektiv nach Luft.

„Setz nach, setz nach!", brüllte der alte Tyrone.

Tyler rückte langsam an, ließ Lance reichlich Zeit, sich zu orientieren, bevor er zu einem harmlosen Aufwärtshaken ansetzte. Lance schlug ihn weg und konterte mit einem weit ausholenden Schwinger.

Da sah er sie, die Krümmung von Tylers Mundwinkel. Ein kaum merkliches Lächeln, trotzdem ein Lächeln.

Er macht es auch. Tyler hielt sich bei den Schlägen zurück, legte kaum genug Kraft hinein, um einem Kind damit wehzutun. Denn Josies Flucht passte Tyler durchaus in den Kram, wie Lance erkannte.

Er verkniff sich ein eigenes Lächeln und griff Tyler mit einem Schwinger an, der gezielt ins Leere ging.

Perfekt, meinte sein Kojote mit einem leisen Lachen und versuchte, den Schlag gut aussehen zu lassen.

Perfekt – abgesehen von einer Kleinigkeit, die Lance im weiteren Verlauf des Kampfs erkannte. Man konnte unmöglich zwei Alphawölfe in einen Ring stecken und erwarten, sie würden nett zueinander sein. Er spürte, wie der Wolf in ihm nach und nach an die Oberfläche drängte. Auch in Tylers Augen trat ein zunehmend entschlossenerer Ausdruck. So intensiv, dass Lance begann, seinen Blick vorsichtshalber ganz zu meiden. Mit jedem Schlag, jeder Abwehr, jedem Grunzen des Publikums wurde der Kampf ernster.

Die Vorstellung war vorbei. Bald würde Lance um sein Leben kämpfen. Und um das von Josie. Sie würde eher sterben, als sich einem aufgezwungenen Gefährten unterzuordnen.

Tylers Schläge kamen schneller und in effektiveren Kombinationen. Mit vor salzigem Schweiß brennenden Augen bemühte sich Lance, das eigene innere Tier zu bändigen. Aber Tyler griff ihn wilder und wilder an, wodurch Lance gezwungen war, selbst mehr Kraft in die Schläge zu legen. Er trat auf der Suche nach einer Lücke in der Verteidigung seines Gegners nach links, während Tyler nach rechts rückte und mit den Schultern das Flutlicht blockierte. Dann jedoch bewegte sich Tyler weiter, und ein Lichtstrahl fuhr Lance stechend in die Augen. Er riss eine Hand hoch, um die blendende Kombination aus grellen Scheinwerfern und dem vernichtenden Blick des alten Alphas abzuwehren.

Ein mächtiges Knacken ertönte, und Lance hatte das vage Gefühl, es könnte von seinem Kiefer ausgegangen sein. Zumindest teilte ihm das sein Verstand mit, als er ausgestreckt auf dem harten Erdboden landete. Als er etwas Anderes verarbeiten konnte als die Schmerzen, die durch seine Kieferpartie schossen, nahm er den tiefschwarzen Himmel mit winzigen Lichtpunkten wahr. Ein beruhigender, sanfter Anblick.

Wunderschön. Wie Juwelen am Himmel.

Lance konzentrierte sich darauf und versuchte, die Schmerzen mit einem Blinzeln abzuschütteln. Eine hünenhafte Gestalt geriet über ihm in Sicht: Tyler, der sich vorbeugte, um die Wirkung des letzten Volltreffers abzuwägen.

Das Wort Volltreffer hallte in Lance' Kopf wider und ließ ein irres Lächeln auf seine Lippen treten. Er hatte unlängst tatsächlich einen Volltreffer erlebt. Josie. Die Frau war wie ein Meteor in seinem Leben eingeschlagen und hatte alles verändert.

Beim Gedanken daran, dass sie verschwunden war, hätte er heulen können. Doch in diesem unausgeglichenen Moment fing sein Kojote zu lachen an. Das erst kehlige Kichern schwoll zu vollwertigem Gelächter an, bis sein Kiefer und seine Rippen davon schmerzten.

Lance ließ sich zurück auf die warme Erde plumpsen und betrachtete die Umgebung mit einem seltsam losgelösten Gefühl. Die Lichter, die Scheune, die anderen Mitglieder des Rudels. Ein kleines, absurdes Universum. Tyler runzelte die Stirn, und sein tödlicher Blick wurde verwirrt.

Was zum Teufel ist so komisch? donnerte Tylers Stimme in seinem Kopf.

Zwei Freunde, die um eine Frau kämpfen, die der eine überhaupt nicht will und der andere zu sehr.

Lance lachte, bis seine Sicht vor Tränen verschwamm. Das dröhnende Gelächter wurde lauter und tiefer, als hätte eine Basstrommel beschlossen, mit einzustimmen. Als er innehielt, um nach Luft zu schnappen, setzte sich das Geräusch fort. Lance stellte fest, dass es von Tyler ausging, der vorgebeugt die Hände auf die Knie stützte, entweder durch den Lachkrampf oder vor Erschöpfung von dem Kampf. Vielleicht ein bisschen von beidem.

Eine leise, tadelnde Stimme aus der Vergangenheit ertönte in seinem Kopf: die alte Tante Milly, die ehemalige Lehrerin und Ersatzmutter für Außenseiter wie ihn. Was würde sie zu ihnen sagen?

Zwei kleine Schmuddelkinder, die lachend im Dreck liegen.

Bei der Erinnerung musste Lance nur noch ausgelassener lachen. Sie konnten nicht älter als acht gewesen sein, als sie es damals auf dem Schulhof zu ihnen gesagt hatte. Und das musste wohl das erste und letzte Mal gewesen sein, dass jemand das Wort *Schmuddelkind* für ihn oder Tyler benutzt hatte.

Er lachte, bis Tyler ihm eine Hand entgegenstreckte, um ihn auf die Beine zu ziehen – Lance wusste nicht recht, ob er den Kampf fortsetzen oder sich den Staub abklopfen und in eine Kneipe aufbrechen wollte. So oder so, er ergriff die raue Hand, als wollte er aufstehen. Stattdessen jedoch zog er Tyler mit einem Ruck neben sich auf den Boden. Ein angespannter Moment der Stille setzte ein, bevor ihr Gelächter wieder losbrach. Und einen Moment lang waren sie wirklich wieder die Schmuddelkinder im Dreck.

So verbrachten die beiden mehrere Minuten, während ihre Rudelkameraden stumm zusahen und nicht recht wussten, wie sie reagieren sollten. Dann holte Lance tief Luft und streckte den Arm aus, um Tyler zu stupsen.

„Uff", stieß der Sohn des Alphas aus und verzog das Gesicht zu einer Grimasse. „Die Rippe ist im Eimer, Mann."

Lance rollte sich langsam und gequält auf alle viere, bevor er sich in die Hocke rappelte und behutsam sein Kinn betastete. „Genau wie mein verdammter Kiefer."

„Wie im Eimer?", fragte Tyler herausfordernd, und Lance grinste. Es war ein weiterer Spruch aus der Vergangenheit, den sie früher bei ihren verspielten Rangeleien benutzt hatten.

Nur war es diesmal kein gespielter Kampf, sondern ein ernster, und Josie war irgendwo da draußen. Lance sah Tyler in die Augen und wurde still.

Josie. Gefährtin, brummte sein Wolf. *Mein.*

Tylers Augen flammten auf, und Lance fragte sich, wie diese Nacht enden mochte. Würde ihre Freundschaft für immer ruiniert oder erneuert sein?

Eine Sekunde später nickte Tyler knapp und ließ sich von Lance aufhelfen.

„Was zum Teufel soll das?", blaffte der alte Tyrone.

Lance versteifte den Körper, aber Tyler zeigte mit der Hand nach Nordosten, wohin Josie verschwunden war.

„Ich muss eine Gefährtin einfangen", erklärte Tyler mit ruhiger, aber tödlicher Stimme. „*Seine* Gefährtin", fügte er hinzu und deutete mit dem Kinn auf Lance.

Gleich darauf verwandelten sie sich beide in Wolfsgestalt und preschten in die Nacht davon.

Kapitel 21

So sehr Josie auch blinzelte, die Realität, mit der sie sich konfrontiert sah, änderte sich nicht. Jed war zurück. Diesmal mit Verstärkung: vier stramme junge Wölfe, die nach Action gierten – welcher Art auch immer.

„Sonnenschein, du musst doch gewusst haben, dass ich dich nicht diesem Trottel überlassen würde. Jetzt komm mit mir nach Hause." Jeds anfangs zuckersüße Stimme wurde bei den letzten Worten beißend und scharf.

Nach Hause? Josie drehte sich in Richtung der Ranch, dann straffte sie die Schultern. Für sie gab es kein Zuhause. Nicht bei Jed, nicht bei Lance, bei keinem Mann. Beinah hätte sie es herausgebrüllt, doch sie hütete die Zunge, um Jed nicht ausrasten zu lassen.

Er war wahnsinnig. Sie sah es in seinen Augen. Verrückt und restlos überzeugt von sich – eine gefährliche Kombination. An Vernunft zu appellieren, konnte sie bei ihm vergessen. Sie war nicht an ihm interessiert und war es nie gewesen? Sie hatte einen eigenen Traum? Und wenn schon. Das spielte im Masterplan eines Verrückten keine Rolle. Jed wollte eine Gefährtin, ein Rudel und die Oberherrschaft darüber. Und er würde vor nichts zurückschrecken, um es zu bekommen.

„Sonnenschein, alles in Ordnung?" Seine Augen leuchteten in der Dunkelheit. „Ich hätte dich nie von dem Arschloch mitnehmen lassen sollen. Aber ich war nicht bereit, es mit dem ganzen Rudel aufzunehmen, also musste ich dich gehen lassen. Zu deinem Besten. Aber siehst du?" Er setzte ein stolzes Grinsen auf und wartete auf ihre Anerkennung. „Ich bin deinetwegen zurückgekommen. Wie versprochen."

Ihr Magen krampfte sich zusammen und drehte sich um. Das hatte er tatsächlich versprochen.

Jed würde nie aufhören, hinter ihr her zu jagen. Er würde nie aufgeben. Von einem anderen Mann wären die Worte vielleicht berührend gewesen. Von Jed waren sie furchterregend.

Josies Instinkte drängten sie zur Flucht, ein Plan, bei dem sie ihre Wölfin voll an Bord hatte.

Lass mich raus! Lass mich wegrennen!

Obwohl sie sich zuvor die Hilfe ihrer Wölfin gewünscht hatte, zügelte sie den Drang. Wegzurennen, würde nur den Jagdinstinkt dieser Wölfe auslösen. Allem Anschein nach hatte Jed eine Bande von jungen Männern zusammengestellt, die von ihren Heimatrudeln verstoßen worden waren. Man würde sie rausgeworfen haben, als sie noch unreif und kontrollierbar waren. Mittlerweile waren sie ausgewachsen und hatten sich – wie Jed – zu beeindruckenden Kampfmaschinen entwickelt. Jeds Vision, das North Ridge Rudel in Colorado zu übernehmen, war vielleicht weniger selbstmörderisch, als es zunächst den Anschein hatte. Josie konnte es vor sich sehen: Jed hatte wahrscheinlich jedem dieser Abtrünnigen eine führende Rolle in seinem neuen Rudel versprochen, wenn sie ihm helfen würden, Greer zu stürzen, den derzeitigen Alpha. Selbst für Geächtete war die Verlockung eines Rudels groß.

Genau wie der Lockruf der Jagd. Wenn Josie die Flucht ergriffe, würden sie ihr folgen, sie zur Strecke bringen und... Den Rest wollte sie sich gar nicht ausmalen.

Jed schien die Vorstellung aufregend zu finden. „Hey, Sonnenschein. Was hältst du von einem Spiel? Du rennst weg, wir jagen dich." Der Wolf links von Jed leckte sich die Lefzen, und Jed grinste. „Wo ich herkomme, Bruder, teilen wir unsere Beute. Sie gehört zwar mir, aber, wenn du brav bist, bekommst du eine Kostprobe."

Josies Magen krampfte sich zusammen. Jed hatte sich einen Trick zu viel von Greer abgeschaut, diesem habgierigen Rohling. Keiner von ihnen war auch nur halb so gut wie Lance.

Dann verfluchte sie sich innerlich. Wieso kam ihr schon wieder Lance in den Sinn? Sie hatte ihn doch aus ihren Gedanken verbannt. Oder es zumindest versucht. Lance hatte sie verraten. Er war genauso übel wie der Rest.

Sie konnte sich nur auf sich selbst verlassen. Und wie sollte sie es raus aus diesem Schlamassel schaffen?

Lauf, riet die Wölfin.

Josie belastete versuchsweise ihr Fußgelenk und stellte fest, dass sich die Schmerzen gelegt hatten. Entweder hatte sie es tatsächlich nur verrenkt, oder ihre beschleunigten Heilkräfte einer Gestaltwandlerin hatten bereits gewirkt. Jedenfalls würde der Knöchel mitspielen, wenn sie die Flucht ergriffe.

Kämpf, rief ihr Herz.

Rede, drängte sie die Logik.

„Hör mal, Jed, wir müssen das durchdenken. Willst du es wirklich mit nur vier Wölfen mit Greer aufnehmen?"

Er grinste so breit, dass seine Zähne weiß in der Nacht aufblitzten. „Wer sagt denn, dass ich nur vier habe?"

Josies Mut sank, als sich drei weitere Wölfe aus den Schatten anpirschten. Somit waren es sieben Wölfe – acht, wenn man Jed mitzählte.

Verzweiflung senkte sich auf ihre Schultern, und sie fragte sich, ob sie einfach nachgeben und hoffen sollte, dass Jed schonend mit ihr umgehen würde. Vielleicht würde sich später eine Chance zur Flucht bieten.

„Ich weiß, ich weiß", brummte Jed. „Du bist beeindruckt. Der gute alte Jed ist endlich auf dem Weg nach oben. Und du, Sonnenschein, steigst mit mir auf. Also los jetzt! Unsere Trucks parken ein paar Meilen entfernt."

„Genau. Ein Aufstieg", murmelte sie.

Eher ein Abstieg in die Hölle. Ihre Gedanken überschlugen sich bei der Suche nach einem Ausweg. Wenn sie zuließe, dass diese Wölfe sie umzingelten, wären ihre Chancen auf Flucht endgültig dahin. Es stand acht zu eins, und jeden Moment würden weitere Wölfe eintreffen, weil auch die von der Twin Moon Ranch hinter ihr her waren. Bald.

Ihr Herz schlug bei dem Gedanken schneller. Wie bald?

Die Wölfe von der Twin Moon Ranch würden diese Eindringlinge vertreiben, was Josie nur recht wäre. Aber was dann?

Bevor sie einen Plan aushecken konnte, brach die Wölfin aus ihr hervor und preschte in Richtung der Ranch los.

Blitzartig waren sie hinter ihr her – acht kläffende Wölfe, die sich bereits im Nervenkitzel der Jagd verloren. Josie konnte Jeds kratzigen Tenor zwischen den Stimmen der anderen ausmachen. Er klang erfreut darüber, dass seine Gefährtin bei ein wenig Spaß mitspielte.

Tja, Josie wollte damit nichts zu tun haben. Ihre Füße pochten über den Boden, während ihre Augen nach dem besten Weg durch das Gestrüpp vor ihr Ausschau hielten. Jed und seine Bande rannten zum Vergnügen, Josie hingegen rannte um ihr Leben, und dadurch behielt sie drei Längen Vorsprung.

Vorerst zumindest. Sie stürmte den Hang hinauf, den sie zuvor heruntergerast war. Über das lose Geröll und die Steine gestaltete sich das Laufen tückisch, aber Josie nutzte ihren Vorsprung und spritzte mit den Pfoten an Kies zurück, so viel sie konnte, um ihre Verfolger zu behindern. Ein Wolf jedoch holte parallel zu ihr stetig auf und schwenkte langsam in ihre Richtung. Das verrückte Funkeln in seinen Augen und die zurückgezogenen Lippen kennzeichneten ihn als Jed. Seine Krallen rutschten über den felsigen Untergrund, als er in ihre Richtung lossprang. Nur durch einen Sprint und pures Glück gelang es Josie, ihm auszuweichen.

Wusch! Jeds ausgestreckte Pfoten fegten Zentimeter hinter ihr durch die Luft.

Er fluchte in ihren Gedanken, bevor er die Verfolgung fortsetzte.

Josies Muskeln heulten bei jedem verzweifelten Schritt, mit dem sie sich die letzten Meter des Hangs hinaufkämpfte.

Nah – so nah!

Die Kante zum flachen Plateau der Mesa befand sich unmittelbar vor ihr. Sobald sie dort wäre, könnte sie wertvolle Sekunden gewinnen, indem sie sich aus vollem Lauf die andere Seite hinunterstürzte, bevor Jed ihr folgte. Und danach?

Sie hatte keine Ahnung.

Josie zwang ihre brüllenden Muskeln, ihr zu gehorchen, sprang über die Kante hinauf – und musste sofort zwei Wölfen ausweichen, die aus entgegengesetzter Richtung angestürmt kamen. Einer bräunlich-schwarz, dunkler als die Nacht. Der andere wies ein satteres Braun auf, das sie kannte.

Lance. Erleichterung schwappte über Josie zusammen, als sie taumelte und stürzte. Lance würde ihr helfen.

Ihr Körper kam an einem Felsbrocken zum Liegen, doch der Aufprall schmerzte weniger als der Gedanke, der folgte.

Lance hatte sie verraten. Sie konnte ihm nie wieder vertrauen.

Hinter ihr prallten die Wölfe aufeinander, und laute Geräusche zerrissen die Stille der Nacht. Josie hatte noch nie ein so wildes, wutentbranntes Brüllen gehört, nicht mal in Colorado, wo Kämpfe an der Tagesordnung waren.

Lauf! brüllten Josies Instinkte, als sie sich auf die Füße rollte. *Lass sie kämpfen, während wir entkommen.*

Nach drei wackeligen Schritte hielt sie inne.

Lance und Tyler waren ihretwegen gekommen. Sie konnte nicht einfach wegrennen und sie den Kampf allein austragen lassen, oder?

Andererseits waren sie nicht wirklich gekommen, um ihr zu helfen. Sie waren nur hier, um sie für ihr Rudel zurückzuholen. Welche Seite die in der Nacht tobende Schlacht hinter ihr auch gewinnen würde, für sie würde sich nichts ändern. Sie würde so oder so lediglich Kriegsbeute sein.

Lance ist nicht so! beharrte ihre Wölfin und drehte sich zum Kampf herum.

Schritt für Schritt schlich sie auf das Geschehen auf dem Kamm der Erhebung zu und trug auf jedem Zentimeter einen eigenen inneren Konflikt aus.

Lance und der andere Wolf – der Färbung und der Intensität des finsteren Blicks nach musste es Tyler sein – standen unerschütterlich auf einer bühnenartigen Erhebung der Mesa und teilten vernichtend gegen die Wölfe aus, die sie angriffen. Die beiden bildeten eine eigene Armee, so groß und wütend, dass die Luft um sie herum vibrierte. Einer von Jeds Leuten lag bereits am Boden, ein anderer schleppte sich sichtlich schwer verletzt aus dem Getümmel. Die anderen sprangen immer wieder vor und außer Reichweite zurück. Lance schlug einen angreifenden Wolf mit einer breiten Pfote weg und setzte mit weiß aufblitzenden Zähnen nach.

Als die Fänge das nächste Mal aufblitzten, hatten sie sich rot gefärbt. Josie schluckte. Drei erledigt, noch fünf übrig. Konnten Lance und Tyler das schaffen?

Ihr Blick fegte über das Schlachtfeld und zählte erneut. Vier – sie entdeckte nur vier verbliebene Wölfe. Wo steckte der fehlende?

Als sich der Luftdruck an ihrem linken Ohr verdichtete, wirbelte sie herum und erblickte Jed, der sie ansprang und mit dem Rücken gegen einen Felsbrocken presste. Er hatte sich um die anderen herumgeschlichen und von hinten angepirscht.

Komm, Sonnenschein. Er lächelte. *Gehen wir.*

Selbst inmitten des Kampfgeschehens grinste der Mann. Sie konnte spüren, wie er seine Worte in ihren Geist presste.

Du und ich, Sonnenschein. Wie in alten Zeiten.

Kapitel 22

Josie wich zurück. *Es gibt keine alten Zeiten.*

Jeds Knurren wurde bedrohlich. *Komm jetzt, Sonnenschein.*

Ich komme auf keinen Fall mit dir!

Mit einem wütenden Hieb fegten ihre Klauen über seine Schulter und hinterließen vier parallele Wunden, gerade tief genug, um seine Wut zu schüren.

Jeds Knurren wurde tief und tödlich. Sein Schwanz peitschte wie ein Säbel hin und her. *Du gehörst mir.*

Er stürzte sich auf sie, und sie sprang weg, landete schlitternd. Jed hielt inne und starrte sie mit wildem Blick an, die Fänge gebleckt.

Ich liebe es, wenn Frauen mit mir spielen, meinte er mit einem leisen Lachen.

Josie fragte sich, wie viele Frauen schon durch seine Hände gelitten hatten. Wie viel Schmerz würde er ihr zufügen, falls er gewann?

Du hast eine merkwürdige Vorstellung von Spielen, gab sie knurrend zurück und bewegte sich rückwärts auf einen Felsbrocken zu. Sie brauchte einen Orientierungspunkt in dieser verrückten Nacht.

Du bist krank. Sie spie die Worte geradezu hervor.

Sein Grinsen verkam zu einer stirnrunzelnden Miene. *Und du bist mein.*

Ich werde dir nie gehören!

Kaum hatte sie ihm die Worte übermittelt, sprang er los. Sie wich im letzten Moment aus und hoffte, er würde gegen den Felsen knallen. Aber Jed verrenke sich rechtzeitig, brüllte und erwischte ihren Rumpf mit den Vorderpfoten. Seine Krallen schrammten ihre Rippen entlang, als er Halt zu finden versuchte.

Ganz mein, Sonnenschein, grollte er.

Josie versuchte, sich zu befreien, doch Jed erwies sich als zu schwer. Grunzend stieß er sich ab und zog sie mit der Schulter voraus in eine Rolle. Gleich darauf hatte er sie unter sich fixiert und klackte vor ihrem Gesicht mit elfenbeinfarbenen Fängen.

Ich brauche dich nur zu beißen, Miststück, dann wirst du endlich kapieren, dass du mir gehörst.

Er senkte die Schnauze, zielte auf ihren Hals. Josie spürte, wie sich herabtriefender Geifer den Weg durch ihr Fell bahnte, noch bevor seine Zähne über ihre Haut kratzten. Entweder würde er sie ausweiden, oder er würde ihr einen tiefen, sauberen Paarungsbiss verpassen, der sie für immer an ihn binden würde. So oder so, es gab kein Entkommen.

Am liebsten hätte sie einfach die Augen fest geschlossen und das Grauen ausgesperrt. Stattdessen zwang sie sich zum Handeln. Selbst der Tod wäre besser als ein Leben voll Misshandlungen. Mit einem mächtigen Tritt kratzten die Krallen ihres Hinterbeins seinen Bauch entlang und hinterließen blutige Furchen.

Miststück!

Jed zog sich zurück und betrachtete die Wunde. Als er wieder aufschaute, sprach aus seinen Augen reine Bösartigkeit, und Josie wusste, dass ihr Ende nahte. Jed schleuderte sie so wuchtig zu Boden, dass ihr die Luft aus der Lunge gepresst wurde. Dann ging er über ihrer Kehle in Position.

Mein! Sein heißer Atem brannte auf ihrer Haut.

Josie krümmte sich zu einer letzten Gegenwehr vor dem unvermeidlichen Biss. Über Jeds aufragendem Körper funkelten die Sterne. So schön, so weit weg. Josie schloss die Augen.

Dann folgten eine Explosion von Geräuschen und ein Gerangel, bevor Jeds Gewicht plötzlich verschwand. Instinktiv sprang Josie auf die Beine, und sie wäre prompt geflohen, wenn sie nicht von den Geräuschen und Schemen vor ihr so verwirrt gewesen wäre.

Jed und ein anderer Wolf rangen am Südrand der Mesa miteinander, nur wenige Schritte entfernt. Sein Gegner war ein mächtiger Wolf mit halb sattelbraunem, halb graubraunem Fell. Halb Kojote, halb Wolf.

Lance. Josie wusste, dass es töricht von ihrem Herzen war, bei seinem Anblick vor Freude anzuschwellen, trotzdem tat es das Organ.

Jed startete einen Gegenangriff, brüllte seine Wut heraus, und nach einem grauenhaft reißenden Laut taumelte Lance. Gleich darauf kämpfte er sich mit einem Energieschub zurück, der Jed in die Knie zwang. Die Wölfe gingen sich gegenseitig an die Gurgel, boxten und hieben aufeinander ein, bis sie auseinandersprangen und erneut zusammenprallten.

Es war ein Kampf von Finesse und präzisen Schlägen gegen rohe Kraft. Die Oberhand wechselte mehrfach. Dann warf sich Jed in eine Rolle und nutzte sein größeres Gewicht, um Lance mitzureißen. Josie entfuhr ein Aufschrei. *Nein!*

Lance' Gesicht leuchtete kurz auf, bevor er es zu einer knurrenden Grimasse verzog. Dann stieß er Jed mit einer Kraft zurück, die Josie nicht für möglich gehalten hätte. Mit weit aufgerissenem Maul landete er auf Jed.

Nach einem kurzen Aufspritzen von Blut und einem verstümmelten Schrei endete es. Josie schwankte und war nicht sicher, ob Erleichterung oder Angst durch ihre Adern pulsierte. Jed war tot.

Ihre Chance zur Flucht war gekommen, aber sie ertappte sich dabei, wie angewurzelt stehen zu bleiben, die Augen geschlossen.

Worauf wartest du? brüllte ein Teil ihres Verstands.

Beim Geräusch von Schritten und einem Knurren zwang sie sich, die Lider zu öffnen. Gleich darauf ragte Lance über ihrem Hals auf wie zuvor Jed, die grünen Augen groß und hungrig.

Als Lance' Duft sie erfasste, sah sie vor ihrem geistigen Auge alles, was hätte sein können. Ein Zuhause. Eine Zukunft. Ein gutes Leben mit einem anständigen Mann.

Ein Verrat.

Josie schloss die Augen wieder und wünschte, es hätte die letzten drei Wochen nie gegeben. Sie hatte dem Mann in diesem Wolf vertraut, ihn sogar gewollt. Und verdammt, ein Teil von ihr wollte Lance immer noch. Aber sie würde niemals hinnehmen, dass jemand gegen ihren Willen Anspruch auf sie erhob.

Jeder Muskel in ihrem Körper spannte sich an, als sie den Kopf drehte und ein letztes Mal in Freiheit nach Luft schnappte. Lance' Atem hauchte heiß auf ihren Hals. Hinter ihm zeichnete sich drückend die Dunkelheit der Nacht ab.

Zehn Sekunden vergingen, dann zehn weitere. Immer noch rührten sie sich beide nicht. Am Rande nahm Josie wahr, dass der Kampf zwischen Tyler und den anderen Wölfen verstummt war, doch das spielte kaum noch eine Rolle. Sie hielt die Augen fest geschlossen, wartete auf das Ende.

Aber ihren Hals berührten sanfte Finger, keine spitzen Reißzähne. Eine menschliche Hand, die eine zarte Linie über ihren Hals zeichnete. Josie blinzelte und stellte fest, dass sich Lance verwandelt hatte. Irgendwie hatte er sie dabei mitgerissen, denn ihre Wölfin hatte sich davongestohlen. Zurückgeblieben war die Frau unter dem Mann. Einem Mann, der den Kopf so tief hängen ließ, dass sein Haar ihre Brust streifte.

Josie erstarrte und versuchte, nicht zu atmen.

Langsam wich Lance zurück, rappelte sich auf die Beine und zog sie mit einer Hand hoch.

Sie schwankte. Lance' Gesicht strotzte vor Blut und Unentschlossenheit. Als er die Hand nach ihr ausstreckte, sprang sie zurück.

Scham breitete sich wie ein Schatten über seine Züge aus. *Ich wollte nicht, dass irgendetwas hiervon passiert. Ich wollte nur dich.*

Josie wusste nicht, ob sie die Worte in seinem Gesicht oder in seinen Gedanken gelesen hatte, aber sie waren da.

Ich wollte nur dich.

Tränen, die sie nicht vergießen wollte, brannten in ihren Augen. Vielleicht hätten sie die ganze Nacht wie zwei traurige Statuen ausgeharrt, wenn nicht in der Ferne das Geräusch eines Motors ertönt wäre. Tyler kam über den Höhenzug auf sie zu, immer noch in Wolfsgestalt und rot um die Schnauze. Bei dem Geräusch richteten sich seine Ohren auf. Hinter ihm hingegen herrschte Stille, was Josie verriet, dass Jeds Handlanger besiegt waren.

Die Wölfe, die ihr die Seele rauben wollten, waren tot, allerdings von zwei anderen abgelöst, die ihr mit demselben drohten – und ein dritter näherte sich schnell. Würde es der alte Alpha sein? Würde Tyler nun Anspruch auf sie erheben? Oder würde er sie zurück zur Ranch schleifen und sich ihr dort aufzwingen?

Ein Motorrad brauste heran – Lance' Harley, allerdings gefahren von einem anderen Mann. Es war Cody, Tylers jüngerer Bruder, der untypisch grimmig wirkte.

Er nickte Josie zu einer knappen Begrüßung zu, dann wandte er den Blick von ihrem nackten Körper ab und richtete ihn auf Lance. Die vier standen schweigend da, auch nachdem sich Tyler in menschliche Gestalt zurückverwandelt hatte.

Josie wartete. Bestimmt würde Tyler gleich etwas verkünden. Immerhin war er der zukünftige Alpha des Rudels.

Aber es war Lance, der sich zuerst bewegte, zum Motorrad ging und den Schlüssel aus dem Zündschloss zog. Der Krieger in ihm war zurück. Josie sah es an den gestrafften Schultern und an der Anspannung in der Kieferpartie. Allerdings wirkte er wie ein müder Krieger, der sein hehres Ziel aus den Augen verloren hatte. Mit einem Grunzen und einer Kinnbewegung forderte er die anderen Männer auf, sich zurückzuziehen.

Zu Josies Überraschung zögerten Tyler und Cody nur kurz, bevor sie sich fügten. Zumindest für diesen Augenblick ordneten sie sich ihrem Rudelkameraden unter.

Als sich Lance ihr zudrehte, wirkten seine Züge niedergeschlagen, obwohl er am Schauplatz eines Triumphs stand. Er deutete erst einen Wurf an, dann warf er Josie den Schlüssel tatsächlich zu. Er kam in Zeitlupe angeflogen, als würde sich die Welt verlangsamen, um ihr die Chance zum Nachdenken einzuräumen.

Lance schenkte ihr sein Motorrad.

Lance schenkte ihr die Freiheit.

Lance ließ sie gehen.

Sie streckte die Hand aus und fing den Schlüssel auf. Freiheit. Ihre Emotionen schwankten zwischen einem Hochgefühl und tiefer Trauer.

Lance beugte sich über das Bike und holte etwas aus der Satteltasche, dann drapierte er es über den Sitz. Er trat zur Seite und hob die Hände hoch, als hielte Josie eine Waffe auf ihn gerichtet.

„Du lässt mich gehen? Warum?" Ihre Stimme hatte noch nie so kratzig und unsicher geklungen.

Seine Lippen bewegten sich, aber es drang kein Ton aus seinem Mund. Seine Augen sprachen es aus. *Weil ich dich liebe.*

Eine Erinnerung sagte den Rest. *Du kennst doch den kitschigen Spruch: Wenn du etwas liebst, dann lass es frei.*

Ihr Blick wanderte über die Wüste zu den pulsierenden Lichtern des Highways. Es stand ihr frei zu gehen, wohin sie wollte, um ihren eigenen Weg einzuschlagen.

Ihr Herz schlug schneller. Der einzige Ort, an dem sie sein wollte, war hier bei ihm.

Dann schüttelte sie sich trotzig und erinnerte sich. Sie sollte weit, weit weggehen. Nach Osten – so hatte sie es geplant. Die Außenwelt und ihre Zukunft lagen gleich dort drüben, wo die Scheinwerferlichter vorbeizogen. Währenddessen stand Lance in der Nähe und beobachtete sie, als hätte sie den Finger auf einer Granate.

Mit einem schweren Schlucken traf Josie ihre Entscheidung. Und wenn sie für den Rest ihres Lebens damit unglücklich wäre, dann sollte es eben so sein. Sie schnappte sich das Flanellhemd, das Lance auf den Motorradsatz gelegt hatte, schlüpfte hinein und knöpfte es hastig zu. Verdammt, es roch genau wie er – frisch, moschusartig und rein, als wären die gesamte Kraft und raue Schönheit der Wüste in die Fasern eingewoben. Das Hemd erwies sich als gerade lang genug, dass man sie nicht wegen unsittlicher Entblößung verhaften würde, sobald sie auf dem Highway wäre und die Flucht anträte. Von dort an... würde sie improvisieren.

Jeder Muskel protestierte laut, als sie ein Bein über das Motorrad schwang, den Motor aufheulen ließ und davonbrauste. Dabei zwang sie sich, nach vorn zu schauen, nicht zurück.

Schau nicht zurück, befahl sie sich. *Jetzt ist es zu spät.*

Josie. Lance' Flüstern trieb im Wind, tiefempfunden, flehentlich.

Josie beschleunigte und fuhr weiter, während ihr Tränen übers Gesicht liefen.

Kapitel 23

Lance zwang sich, seiner Gefährtin nachzuschauen, als sie die holprige Piste hinunter und über die Ebenen raste. Das Geräusch eines sich entfernenden Motors klang nur allzu vertraut für seine Ohren. Lange stand er schweigend da. Sein Blick folgte dem einzelnen Licht, bis es am Rand des Highways anhielt, bevor es damit verschmolz und von der Masse anderer Lichter verschluckt wurde.

Weg. Josie war weg.

Dahin hatte ihn sein Ehrgefühl geführt – zum falschen Ende einer Staubwolke, während seine vom Schicksal vorherbestimmte Gefährtin aus seinem Leben raste. Vage nahm er ein leises Geräusch wahr und fragte sich, ob es sich um sein zerspringendes Herz handelte, gedämpft durch die Muskeln und den Brustkorb.

Tja, sollte es ruhig bersten. Er brauchte dieses Organ nicht mehr.

Nachdem Tyler und Cody gegangen waren, stand er noch lange da und starrte ins Leere. Schließlich kehrte er zu Fuß zur Ranch zurück, diesmal so langsam, wie er auf dem Hinweg schnell gerannt war. Es gab für ihn nichts, wofür er es eilig hatte. Nur eine leere Hütte, seine Rudelkameraden und einen wütenden Alpha. Letzterer bereitete ihm kein besonderes Kopfzerbrechen. Der Kampf gegen Tyler hatte mit einem Unentschieden geendet, aber aus der Konfrontation mit dem alten Tyrone war Lance als klarer Sieger hervorgegangen.

Respekt. Den zumindest hatte er erlangt. Ein schwacher Trost für den Verlust seiner Gefährtin. Aber das Leben war nun mal so – grausam, merkwürdig und ungerecht. Er stieg die Stufen zu seiner Veranda hinauf und ließ sich auf seinem

Sessel nieder. Dabei fühlte er sich tausend Jahre älter und kein bisschen weiser. Nur innerlich leerer.

Die Schmerzen in seinem Körper legten sich allmählich. Alle bis auf den, der am schwersten wog.

∞∞∞∞

In den nächsten zwei Wochen verfiel Lance zurück in die gewohnte Routine. Tagsüber erledigte er Gelegenheitsarbeiten auf der Ranch, nachts saß er auf der Veranda und beobachtete die Sterne, die langsam über den Himmel zogen. Und fragte sich dabei, ob Josie sie auch beobachtete. Dass es derzeit kaum Verwendung für ihn als Fährtensucher gab, passte ihm gut in den Kram. Denn dafür loszuziehen, würde ihn zu sehr an die magische Nacht erinnern, die Josie und er miteinander verbracht hatten.

Auch ohne Josies Duft in der Umgebung hielt der Frühling letztlich Einzug. Habichtskraut erblühte orange-rot. Ringelblumen winkten von den Enden ihrer Stängel. Kolibris schwirrten vergnügt umher. Aber Eindrücke, die eigentlich von Verheißung und Neuanfängen kündeten, riefen in Lance nur Bedauern hervor.

Die Tage holperten vor sich hin, die Nächte zogen sich wie Kaugummi. Wieder und wieder, bis zur Neumondnacht. Josie würde unterwegs zur Jagd sein, vermutete Lance. Ein flinker Schatten in der Dunkelheit. Still saß er da und fragte sich, ob er das Flüstern von Mutter Erde hören könnte, wenn er sich genug Mühe gäbe.

Er spitzte die Ohren, bis der Großteil der Nacht vorbei war. Dabei träumte er von seinem Motorrad, von der offenen Straße und von zwei fest um seine Taille geschlungenen Armen. Er träumte davon so verzweifelt, dass er noch das Grollen eines Motorradmotors in den Ohren hatte, als ihm das Kinn auf die Brust sackte und er mit einem Ruck erwachte.

Schwerfällig stand er auf, ging zur Insektenschutztür und fand sich mit einer weiteren schlaflosen Nacht ab. An der Schwelle hielt er inne, weil er das Motorengeräusch immer noch hörte. Es wurde sogar stetig lauter, bis er das vertraute Brummen von 750 Kubikzentimetern erkannte, das sich die Zufahrt entlang näherte. Er stützte sich mit beiden Händen am Türrahmen ab, senkte das Kinn und ließ den Rücken der Straße zugewandt. Falls ihn seine Fantasie wieder quälen wollte, würde er nicht mitspielen.

Der Motor näherte sich bis unmittelbar vor die Veranda und brummte vielleicht eine halbe Minute weiter, bevor er ausgeschaltet wurde. Dann beherrschten nur noch die Laute der Grillen, der Ruf einer Eule und Lance' verzweifelte, zerbrechliche Hoffnung die Wüstennacht.

Kapitel 24

Josies Beine zitterten, als sie die Stufen zu Lance' Hütte erklomm. Und es lag nicht an den etlichen Meilen, die ihr in den müden Knochen steckten. Die vergangenen Wochen waren ihr nur verschwommen in Erinnerung geblieben: die Berge, die Raststätten, die Tränen. Jede Unebenheit jeder Meile auf der Straße war durch den Lenker in ihre Arme und durch ihren Körper vibriert, bis ihre Zähne genauso geschmerzt hatten wie ihr Rücken.

Aber nichts davon konnte dem Schmerz in ihrem Herzen das Wasser reichen. So war sie aus schierer Entschlossenheit – oder sturer Dummheit – immer weitergefahren. Vorbei an Ödland in Texas, vorbei an einem Meer aus Rispengras in Tennessee und zu den Gestaden von Maryland, bis sie die Sonne über dem Meer aufgehen sah. Um ein Haar wäre sie über das Ende des klapprigen Stegs gebrettert, auf dem sie anhielt, weil es sie nicht mehr kümmerte, welches Ende sie finden mochte. Denn all die Meilen hatten sie etwas gelehrt: Die große Welt war genauso trostlos und doppelt so einsam wie das Leben damals in der Wüste.

Sie hatte in einem billigen Motel eingecheckt und sich achtundvierzig Stunden Schlaf verordnet, weil sie dachte, es würde ihr guttun. Aber auf der anderen Seite des Tunnels wieder hinauszukriechen, hatte sich als noch schwieriger erwiesen, denn wo blieb das Licht?

Es gab kein Licht, nicht ohne Lance.

Josie hasste sich dafür, so zu denken. Verdammt noch mal, sie sollte unabhängig und stark sein. Und Lance hatte sie ausgenutzt, sie gewaltig hinters Licht geführt.

Oder doch nicht?

Er hat uns gerettet, beharrte ihre Wölfin. *Er liebt uns.*

Liebe oder Lust? Kennen Alphas den Unterschied überhaupt?

Ihre Wölfin knurrte. *Dieser Alpha schon. Er hat für uns gekämpft.*

Josie versuchte, das Flattern in ihrem Magen zu ignorieren. *Er hat gekämpft, um Anspruch auf uns zu erheben. Um uns in Besitz zu nehmen. Uns die Freiheit zu rauben.*

Die Wölfin tobte über die Vorwürfe. *Er hat uns gehen lassen, hat uns etwas geschenkt, das man Freiheit nennt. Und was bringt sie?*

Freiheit ist alles.

Freiheit ist einsam.

Josie neigte das Haupt vor der Wahrheit. Ihr gefiel die neue Situation ebenso wenig wie ihrer inneren Wölfin. Aber früher oder später, sagte sie sich, würde sie ein neues Rudel finden. Das richtige Rudel.

Ihre Wölfin winselte. *Auf der Twin Moon Ranch haben wir schon das richtige Rudel gefunden.*

Sie stellte sich das Wüstenhochland im mittleren Arizona vor. Die weitläufige Landschaft – rau und wunderschön zugleich. Die ordentliche Siedlung, die freundlichen Gesichter, den gewundenen Weg zur Hütte am Rand der Ranch. Dorthin führten ihre Gedanken jedes Mal, wenn sie ihnen freien Lauf ließ. Zu einer Hütte, einer Veranda, einem Mann.

Einem ehrlichen Mann oder einem Lügner?

Zwischen Vertrauen und Verrat verlief ein schmaler Grat, so viel stand fest. Aber darüber hinaus? Josie wusste nicht, ob sie ihrem Verstand oder ihrem Herzen glauben sollte.

Zwei Wochen lang hatte sie über die Frage nachgedacht. Jede Nacht war sie zum Ufer gewandert und hatte versucht, im auf den Wellen funkelnden Mondlicht einen Schimmer von Wahrheit zu entdecken. Sie hatte Kieselsteine ins Wasser geworfen und dem Platschen gelauscht, wenn sie darin gelandet waren. Es war nicht mehr lange bis zum nächsten Neumond. Und wo würde sie dann sein?

Einmal war dort ein Schatten über den Himmel gehuscht – ein Fischadler, der anmutig flog. Mit ausgebreiteten Flügeln zog er einen weiten Kreis, um seine Beute anzuvisieren. Josie beobachtete ihn, froh darüber, von ihren Gedanken abgelenkt zu sein. Der Fischadler erfasste einen Aufwind, schwebte mühelos empor und kreiste weiter. Beobachtend. Wartend. Berechnend.

Ein zweiter Schemen gesellte sich zu dem ersten. Die Gefährtin des Fischadlers? Josie kniff die Augen zusammen. Ihre Sicht verschwamm, bis sie nicht mehr einen Vogel, sondern einen Wolf sah, der seine Gefährtin unterstützend dahintrabte.

Dann kehrten wie eine Flut die Erinnerungen zurück. Die Nacht der Gabelbockjagd war magisch gewesen – jeder Moment davon. Zum ersten Mal in ihrem Leben hatte dabei alles perfekt zusammengepasst. Der Neumond... die Beute... der Ort. Der Mann an ihrer Seite. Ihre Lippen krümmten sich bei der Erinnerung daran zu einem Lächeln. Dann jedoch zu einer finsteren Miene, als sie sich durch den Kopf gehen ließ, was darauf gefolgt war.

Freude.

Wut.

Verrat.

Lance' untröstlicher Gesichtsausdruck.

Zum hundertsten Mal spielte sie die Erinnerung daran ab, wie er ihr in Zeitlupe den Schlüssel zuwarf und ihr die Freiheit schenkte. Warum?

Der erste Fischadler stieß herab, während der zweite hoch am Himmel blieb und Wache hielt.

Wenn du etwas liebst, dann lass es frei.

Der kitschige alte Spruch hatte noch einen zweiten Teil, wie Josie einfiel.

Wenn es dich auch liebt, kommt es zurück. Wenn nicht...

Ihr Herz setzte einen Schlag aus, und sie zwang sich, zurückzuspulen und sich alles noch einmal anzusehen. Die Mesa, das Motorrad, den Mann. Einen Mann, der sich den eigenen Unzulänglichkeiten stellte und seine Strafe hinnahm.

War sie Frau genug, es ihm gleichzutun?

Denn Lance hatte sie nicht verraten. Die Bekanntgabe des alten Tyrone, dass sie sich mit Tyler paaren sollte, hatte Lance genauso hart getroffen wie sie selbst. Das hatte sein zerknirschter Gesichtsausdruck deutlich vermittelt. Nur hatte sie zu dem Zeitpunkt nicht darauf geachtet. Lance hatte nicht geahnt, was der Alpha des Rudels vorhatte. Er hatte sie nicht zurückgebracht, damit sie mit jemand anderem gepaart wurde. Er wollte sie nur zurück nach Hause bringen.

Lance liebte sie. Und er hatte alles für sie riskiert – sein Leben, seine Ehre, sein Ansehen im Rudel.

Und was hatte sie für ihn getan?

Plötzlich wurde sie von Scham überwältigt, kurz danach gefolgt von Entschlossenheit. Dann war sie aufgesprungen, zum Motorrad geeilt und hatte den Schlüssel herausgekramt.

Fahr langsam, riet der menschliche Teil ihres Verstands. *Du musst dir sicher sein.*

Ihre Wölfin knurrte. *Ich bin mir sicher. Bring mich einfach zurück zu meinem Gefährten!*

Je näher sie kam, desto schneller fuhr sie, konnte es nicht erwarten, zurück in seine Arme zu stürmen. Lance – ein unvollkommener Mann, aber ihr perfekter Gefährte.

Mehr als sechzig Stunden und vier kurze Zwischenstopps später hatte sie die Staatsgrenze von Arizona überquert. Selbst danach hatte es noch Stunden gedauert, bis sie den Feldweg erreichte, der vom Highway abzweigte und zur Ranch führte. Als sie über die Schotterpiste holperte, breiteten sich Zweifel wie eine schwere Decke über ihrer Erschöpfung aus. Würde man sie überhaupt zurück auf die Ranch lassen? Immerhin hatte sie sich dem Alpha widersetzt und seinen Sohn abgewiesen. Und sie hatte sich von Lance abgewandt.

Würde er ihr verzeihen? Würde er sie wollen?

Die Fragen quälten sie bis zu dem Moment, als sie die Stufen zu Lance' Veranda hinaufstieg und ihre Beine dabei nicht nur vor Müdigkeit von der langen Fahrt zitterten. Aber mit jedem Schritt fühlte sie sich sicherer, als würde ihr das Schicksal zunicken.

Sie ging bis dicht hinter Lance' Rücken und blieb dort stehen, um seinen Duft in sich aufzunehmen.

Kapitel 25

Lance verharrte mit abgewandtem Rücken, während sich der Neuankömmling lange Zeit damit ließ, vom Motorrad zu steigen. Und noch länger damit, die drei knarrenden Stufen zu seiner Veranda zu erklimmen. Eine gefühlte Ewigkeit verging, bevor sich Josie langsam näherte, als wäre er ein verängstigtes Fohlen, das jeden Moment die Flucht ergreifen könnte. Seine Haut kribbelte, noch bevor warme Finger seine Hand öffneten und etwas Dünnes, Kantiges hineinlegten.

Einen Schlüssel. Den Schlüssel für seine Harley.

„Danke fürs Leihen." Josie sprach, als hätte sie nur eine kurze Spritztour die Straße hinunter und zurück gemacht, aber ihm entging nicht das Zittern in ihrer Stimme.

Er redete in Richtung des Türrahmens und musste die Worte mit schwerfälliger Zunge bewältigen. „Hast du vor, dir einen neuen fahrbaren Untersatz zuzulegen?"

Ein kaum spürbarer Luftzug, als sie den Kopf schüttelte. Ihre Nasenspitze streifte seinen Nacken. So nah befand sie sich, und Mann, fühlte sich das gut an.

„Ich habe vor, hierzubleiben, wenn ich darf."

Lance atmete aus und wartete darauf, dass sein Herz wieder anspringen würde. Wenn sie dürfte? Er würde verdammt noch mal dafür sorgen, dass Josie nie wieder wegwollte.

„Solltest du nicht unterwegs zur Jagd sein?" Er versuchte zwar, ungerührt zu klingen, doch er konnte kaum atmen.

Sie nickte an seinem Rücken und schlang die Arme so um ihn wie vor einer gefühlten Ewigkeit auf seinem Motorrad hinter ihm.

„Heute Nacht ist es eine Jagd anderer Art", flüsterte sie.

Poch, poch, poch. Also funktionierte sein Herz doch noch.

„Was für eine Jagd?“

Ein Finger strich über seine Wange. „Die auf einen Mann.“

Seine Finger legten sich um ihre. „Und meinst du, er wird sich freiwillig stellen?“

„Ich bin mir sicher, er wird sich überzeugen lassen.“

Da hielt er es nicht länger aus. Er wirbelte herum, zog sie an sich und drückte sie fest genug, um zu verdeutlichen, dass er nicht vorhatte, sie je wieder loszulassen.

„Es tut mir leid, dass ich gegangen bin“, entschuldigte sich Josie mit brüchiger Stimme, die Arme um seinen Hals geschlungen. Dann verlagerte sie mehrfach die Haltung, um ihn aus verschiedenen Winkeln zu umarmen.

Er vergrub die Nase in ihrem Haar und überlegte, ob sich je zuvor etwas so gut angefühlt hatte. Ausnahmsweise raste jemand in sein Leben statt daraus davon.

„Mir tut alles andere leid.“

Sie schüttelte den Kopf. „Kein Bedauern mehr.“

„Keine Abschiede mehr.“

„Nur noch das hier“, pflichtete sie ihm bei.

Sie umklammerten sich gegenseitig wie zwei Schiffbrüchige, die sich noch Stunden, nachdem sie an Land gespült worden waren, aneinander festhalten. Mit jedem Einatmen fühlte sich Lance stärker, sicherer. Ein Gefühl, das ein Mann wie Tyler immer haben musste – das eines Bergs im Rückens statt eines Abgrunds. Lance hatte Liebe. Mehr als das: reine, bedingungslose Liebe. Etwas, das Tyler vielleicht trotz seiner unausgesprochenen Privilegien nie haben würde.

„Hey“, flüsterte Josie in sein Ohr. „Horch.“

Lance umarmte sie inniger, statt den Kopf zu heben, doch selbst eingehüllt in den nach Frühling duftenden Mantel, den sie zu tragen schien, hörte er es. Ein Flüstern in der Luft, schwach wie das Licht von tausend Lichtjahren entfernten Sternen. Ein Flüstern, das Bilder vermittelte, keine Worte, ließ in Lance’ Kopf eine Szene entstehen.

Eine kleine Hütte, ein knisternder Kamin und eine Schüssel mit unangetastetem Popcorn. Ein sorgloses Liebespaar, eng umschlungen auf einem dicken Teppich, die Füße dicht beisammen. Eine Hütte sehr ähnlich seiner, mit frischem Anstrich, einem ordentlichen Stapel Feuerholz und einem Bogen in einer Ecke der Veranda.

Da, schien das Bild zu sagen. *Dorthin musst du.*

Als Josies Atem stockte, wusste Lance, dass sie es auch vor sich sah.

„Aber da sind wir schon", murmelte er.

„Wir haben Platz", sagte sie und ließ die Lippen über seine Wange wandern, „und wir haben Zeit."

Lance ließ die winterliche Szene noch einmal in Gedanken ablaufen. Vielleicht brauchten sie ein wenig Zeit, um ihren Rhythmus zu finden. Da gerade erst der Frühling in der Wüste Einzug hielt, befanden sie sich noch drei Jahreszeiten davon entfernt, diese Szene wahr werden zu lassen. Genug Zeit, um sich zusammen einzuleben und die Projekte an der Hütte abzuschließen.

Josie lächelte an seiner Wange, und ihre Gedanken übertrugen sich in seinen Geist. *Zeit zum Jagen.*

Zum Fährtensuchen, fügte er hinzu. Der Kojote und der Wolf nickten zustimmend.

Zum Lieben, ergänzte Josie. Zum Paaren.

Epilog

Drei Monate und drei Neumonde später...

Josie saß auf der obersten Stufe der Veranda und blickte hinaus in die Wüste, während sie darauf wartete, dass ihr Gefährte zurückkam.

In ihr Zuhause. Sie nahm alles in sich auf, von der kleinsten gelben Blume bis zu den Hügelreihen, die durch Millionen Jahre der Arbeit von Mutter Erde entstanden waren. Ein guter Ort für eine Jägerin. Unzählige Meilen zum Umherstreifen in Neumondnächten, und eine Ranch, auf der man in den Wochen dazwischen mithelfen konnte. All das mit einem Mann, den sie ihren Gefährten nennen konnte.

Ihr Herz schwoll an wie immer, wenn Lance um die Kurve bog. Seine hochgewachsene Gestalt zeichnete sich als Umriss vor dem Gleißen der untergehenden Sonne ab. Wenn sie nur sein Gesicht sehen könnte. War es von Sorgen gezeichnet oder von einem Lächeln geprägt?

„Und? Wie ist es gelaufen?", fragte sie, als sich ihr Gefährte noch drei Schritte entfernt befand.

Seufzend setzte er sich neben sie und legte ihr den Arm um die Schultern.

„Geht so."

Sie schlang die Hand um seinen Oberschenkel und schmiegte sich eng an ihn. Seine Wärme floss in sie wie immer, wenn sie sich berührten.

„Na ja, was haben sie denn gesagt?"

Lance schnaubte. „Spielt keine Rolle, was sie gesagt haben. Wichtig war nur, was ich gesagt habe."

Josie konnte es sich perfekt vorstellen – ihr Mann, wie er sich den Anführern zweier Rudel stellte: dem alten Tyrone von der Twin Moon Ranch und Roric vom Westend Rudel, der aus Nevada hergekommen war, um *diesen Schlamassel,* zu klären, wie Tyrone es nannte.

Wäre schön gewesen, das mitzuerleben, meinte ihre Wölfin grinsend.

Josie verdränge den Gedanken. So sehr sie versucht hatte, den Mut aufzubringen, an der Versammlung im Ratsgebäude teilzunehmen, es ging einfach nicht. Sie brauchte ihre Energie für die Jagd in dieser Nacht. Zwei alten Käuzen dabei zuzuhören, wie sie Dampf abließen, wäre dafür nicht hilfreich gewesen.

Josie schauderte und zog Lance' Arm enger um sich, als sie daran dachte, wie nah sie einem völlig anderen Leben gekommen war. Wenn sie Tylers Gefährtin geworden wäre, hätte ihr ein Dasein voll Besprechungen, Verpflichtungen und Kompromissen geblüht. Wäre sie unter Zwang Jeds Gefährtin geworden, hätte ihr ein Leben voll Misshandlungen bevorgestanden. In beiden Fällen ein Leben voll Bedauern.

„Hey", murmelte Lance. „Alles in Ordnung?"

Sie lehnte die Stirn an seine Schulter und atmete seinen Duft ein. „Ja. Es geht mir gut."

In Wirklichkeit mehr als gut. Vor ihr lag ein Leben voll Liebe und Hoffnung. Sie atmete mehrmals tief durch, während sie ihr Glück verarbeitete.

„Also, was hast du gesagt?", fragte sie schließlich.

„Na ja, zuerst hat Roric über gebrochene Verträge gelabert, über Rudelbündnisse und eine Menge anderen Unsinn."

Das konnte sich Josie bildlich vorstellen. Mühelos.

„Bis ich ihm erklärt habe, dass du keine Klausel in einem Vertrag oder eine Marionette bei irgendeiner Aufführung bist." Lance' Stimme wurde eine Spur belegt.

Stolz regte sich in ihrer Wölfin, die über ihre hervorragende Wahl eines Gefährten beinah schnurrte.

„Und wie hat Roric reagiert?"

Lance schnaubte. „Er hat die Klappe gehalten."

Also, das hätte sie zu gern gesehen. „Was ist mit dem alten Tyrone?"

Er schmunzelte. „Du hättest sehen sollen, wie Tyler ihm die Stirn geboten hat."

„Wie? Was hat Tyler gesagt?"

Lance fädelte die Finger zwischen ihre. „Er hat gar nichts gesagt. Hat den Alten nur angestarrt, bis der gebrummt und wegschaut hat."

Auch diesen vernichtenden Blick konnte sich Josie mühelos vorstellen. Verdammt gut, dass sie ihn noch nie abbekommen hatte.

„Und das war's?"

Lance nickte. „Das war's."

Josie fuhr mit den Fingern durch das Haar in seinem Nacken. Ihr Gefährte erfüllte sie mit Stolz – wieder einmal.

„In Hinblick auf uns können sie ja ohnehin nichts mehr unternehmen." Lance schmunzelte, als er das leichte Mal an ihrem Hals berührte.

Josie verspürte dabei ein Kribbeln, und heiße Erinnerungen regten sich in ihr. Es war eine herrliche Nacht gewesen – ihr erster gemeinsamer Vollmond. Sie waren gerannt, herumgetollt, danach zur Hütte zurückgekehrt und hatten sich geliebt, bis die Sonne aufging.

Oh, viel länger, korrigierte ihre Wölfin mit einem lustvollen Knurren.

Unwillkürlich errötete Josie, als sie an einige ihrer Eskapaden zurückdachte. Irgendwann um die dritte Runde herum war das Liebesspiel von sinnlich und zart zu leidenschaftlich und heftig übergegangen. Sie hatte immer noch das Leuchten in Lance' Augen vor sich, als er zum Paarungsbiss angesetzt hatte. Und Josie konnte immer noch spüren, wie sie sich ihm entgegengestreckt hatte, weil sie wusste, was damit einherging. Ebenso hatte sie noch deutlich den glücklichen Glanz in seinen Augen vor sich, nachdem sie den Biss erwidert hatte. Nun waren sie vereint, gepaart fürs Leben.

Aber Lance' Gedanken kreisten offenbar nach wie vor um das Treffen.

„Tyler hat sich gut geschlagen", murmelte er.

„Du hast dich gut geschlagen. Ihr beide. Es war höchste Zeit, dass jemand den alten Alphas die Stirn geboten hat."

Eine Wachablösung war längst überfällig. Eines Tages würde sich vielleicht sogar etwas an Greers brutalem Regime beim North Ridge Rudel ändern.

Jedenfalls stand der Twin Moon Ranch, Josies neuem Zuhause, eine Veränderung bevor. Mit Tyler an der Spitze und Lance an seiner Seite sah die Zukunft rosiger denn je zuvor aus.

Ein Winkel ihres Herzens zog sich zusammen, und sie seufzte. „Glaubst du, dass Tyler je seine Gefährtin findet?"

Lance dachte lang genug über die Frage nach, dass Josie seine Zweifel spürte. Sie hatte erfahren, was vor Jahren passiert war – dass Tyler beinah seine Gefährtin gefunden und dann wieder verloren hatte. Auch wenn man es seiner dicken Haut nicht ansah, die Narben waren vorhanden, und Josie bezweifelte, dass irgendeine der Frauen aus der Umgebung in der Lage wäre, diese Wunden zu heilen.

„Vielleicht findet sie ihn." Lance' Flüstern schwebte in die Nacht davon wie ein Wunsch.

Ein Wunsch, dem sich Josies Herz anschloss. Ihre eigenen Wünsche hatten sich alle erfüllt, also war es an der Zeit, dass auch andere zu ihrem Recht kamen. Vor allem Tyler, der Integrität bewiesen hatte, als es am meisten gezählt hatte.

Ein Glühwürmchen huschte vorbei, trunken von der Beschaulichkeit der Nacht. Josie rieb mit der Hand über Lance' Oberschenkel. Sie war bereit, das Thema abzuhaken und hinter sich zu lassen. Die Vergangenheit war vorbei, die Zukunft gehörte ihnen.

„Was ist dann passiert?"

Lance zuckte mit den Schultern. „Ich habe ihnen gesagt, dass es Zeit zum Jagen ist, und wir sind gegangen – Tyler und ich." Er beugte sich Josie für einen Kuss zu. „Wir dürfen das Rudel nicht warten lassen."

Josie lächelte an seinen Lippen. „Wie viele sind es heute Nacht?"

„Kommt darauf an, ob man Cody mitzählt. Er will wissen, ob wir heute Nacht etwas töten."

Verspielt knuffte sie ihn in den Arm. „Männer."

Er zog sie in eine Umarmung, die sie Geborgenheit empfinden ließ. „Wirf uns nicht alle in einen Topf."

Unwillkürlich schmiegte sie sich an seinen Körper, bevor sie die Gedanken abrupt wieder der Jagd zuwandte. Zuerst die Arbeit.

Dann das Vergnügen, fügte ihre Wölfin hinzu.

Ja, das würde danach folgen. Garantiert.

„Also, wie viele?", hakte sie nach und versuchte, wieder in die Spur zu kommen.

Lance ratterte eine so lange Liste von Namen herunter, dass Josies Finger nicht ausreichten, um sie mitzuzählen. Bei ihrer ersten Jagd als Mitglied des Twin Moon Rudels hatte sich eine Handvoll Wölfe angeschlossen, bei der zweiten doppelt so viele. Wie es klang, würden es in dieser Nacht noch mehr sein. Einige trabten bereits vorfreudig kläffend in Richtung der Hügel und warteten auf die Herrin der Jagd.

Auf Josie. Sie holte tief Luft und schnappte den Duft eines erfüllten Schicksals auf. Sie hatte ihren Gefährten, ihr Rudel, ihre Pflicht.

Genau wie in den alten Zeiten, meinte ihre Wölfin nickend, *als die Jägerin ihr Rudel bei der Jagd angeführt hat.*

„Nein", sagte Lance, der ihre Gedanken las. „Das sind die neuen Zeiten. Und weißt du was?"

„Was?"

Er küsste sie. „Irgendetwas sagt mir, dass sie gut werden."

Sneak Peek: *Verlockung des Wolfes*

Der Duft des Schicksals… die Gefahr des Verlangens.

Lana Dixon weiß genau, dass sie sich von Alpha-Männern fernhalten sollte. Allerdings kann sie Tyler Hawthorne genauso unmöglich meiden wie die sengende Sonne Arizonas. Ihre innere Wölfin will den großen, dunklen, mehr als ein bisschen gefährlichen Alpha einfach nicht aufgeben. Nach einer mitternächtlichen Liebelei unter dem Vollmond weiß Lana, dass sie ihr Leben für ihn aufs Spiel setzen würde – aber was ist mit ihrem Stolz?

Tyler stellt die Pflicht über alles – sogar über den überwältigenden Instinkt, dass Lana die Richtige ist. Sie ist, was Julia für Romeo war: tabu. Und da ein Rudel wildernder Schurken zunehmend näher sein Unwesen treibt, ist es wohl kaum der richtige Zeitpunkt, sich seinen Begierden hinzugeben. Oder ist Liebe genau, was dieser einsame Alpha braucht, um seinen Geist zu befreien?

Weitere Titel von Anna Lowe

Die Wölfe der Twin Moon Ranch

Verlockung des Jägers (Buch 1)

Verlockung des Wolfes (Buch 2)

Verlockung des Mondes: Vier Kurzgeschichten (vier
Kurzgeschichten)

Verlockung des Alphas (Buch 3)

Verlockung der Wölfin (Buch 4)

Verlockung des Herzens: ein paranormaler Liebesroman
(Buch 5)

Weihnachtsverlockung (Buch 6)

Verlockung der Rose (Buch 7)

Verlockung des Rebellen (Buch 8)

Verlockende Begierde (Buch 9)

Aloha Shifters - Juwelen des Herzens

Der Ruf des Drachen (Buch 1)

Der Ruf des Wolfes (Buch 2)

Der Ruf des Bären (Buch 3)

Der Ruf des Tigers (Buch 4)

Die Verlockung des Drachen (Buch 5)

Der Ruf des Fuchses (Buch 6)

Aloha Shifters - Perlen des Verlangens

Drachenrebell (Buch 1)

Bärenrebell (Buch 2)

Löwenrebell (Buch 3)

Wolfsrebell (Buch 4)

Rebellenherz (Buch 5)

Alpharebell (Buch 6)

Töchter des Feuers - Billionaires & Bodyguards

Töchter des Feuers: Paris (Buch 1)

Töchter des Feuers: London (Buch 2)

Töchter des Feuers: Rom (Buch 3)

Töchter des Feuers: Portugal (Buch 4)

Töchter des Feuers: Irland (Buch 5)

Töchter des Feuers: Schottland (Buch 6)

Töchter des Feuers: Venedig (Buch 7)

Töchter des Feuers: Griechenland (Buch 8)

Töchter des Feuers: Schweiz (Buch 9)

Blue Moon Saloon

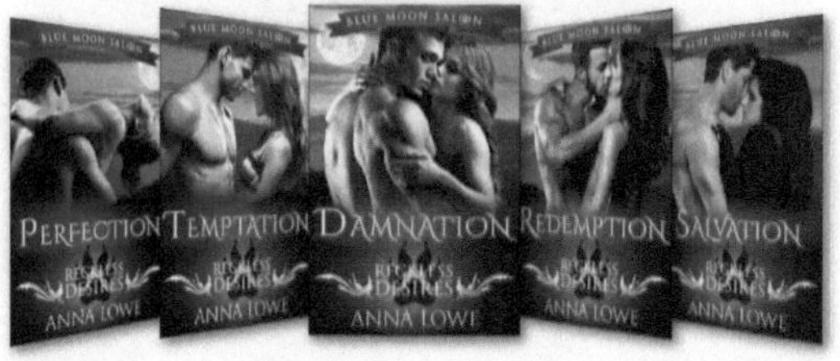

Perfection (die Vorgeschichte in Kurzform)

Damnation (Buch 1)

Temptation (Buch 2)

Redemption (Buch 3)

Salvation (Buch 4)

Deception (Buch 5)

Celebration (ein Festtagsschmaus)

Shifters in Vegas

Paranormal romance with a zany twist. Im englischen Original bei Amazon erhältlich.

Gambling on Trouble

Gambling on Her Dragon

Gambling on Her Bear

Travel Romance

Im englischen Original bei Amazon erhältlich.

Veiled Fantasies

Island Fantasies

www.annalowe.de

Über Anna Lowe

USA Today und Amazon Bestseller Autorin Anna Lowe schreibt fesselnde Romane mit tatkräftigen Heldinnen und unwiderstehlichen Helden in exotischen Umgebung, mit jeder Menge Zündstoff für scharfe Romantik.

Sie liebt Hunde, Sport und Reisen, die auch die Inspiration für Ihre Bücher liefern. Wenn Anna nicht gerade in die Arbeit an ihrem nächsten Buch vertieft ist, kannst Du Sie am Wochenende beim Wandern in den Bergen antreffen. Egal wo und wie – sie wird den Tag mit einem leckeren Stück Zartbitterschokolade ausklingen lassen.

Einfach mal vorbeischauen, auf **www.annalowe.de**.